中国古典文学中老年读本

文体趣谈

WENTI QU TAN

黄先明◎编著

时代出版传媒股份有限公司
安徽文艺出版社

图书在版编目(CIP)数据

文体趣谈/黄先明编著. —合肥:安徽文艺出版社,2014.12
(中国古典文学中老年读本)
ISBN 978-7-5396-5042-5

Ⅰ. ①文… Ⅱ. ①黄… Ⅲ. ①中国文学-古典文学-文体论-老年大学-教材 Ⅳ. ①I206.2

中国版本图书馆 CIP 数据核字(2014)第 147351 号

出 版 人:朱寒冬　　策　　划:朱寒冬　刘姗姗
责任编辑:欧子布　　装帧设计:许含章

出版发行:时代出版传媒股份有限公司 www.press-mart.com
　　　　安徽文艺出版社 www.awpub.com
地　　址:合肥市翡翠路 1118 号　邮政编码:230071
营 销 部:(0551) 63533889
印　　制:合肥创新印务有限公司 (0551)65152158

开本:710×1010 1/16 印张:15.25 字数:220 千字
版次:2014 年 12 月第 1 版 2014 年 12 月第 1 次印刷
定价:28.00 元

目　录

最是橙黄橘绿时(代序)

——读黄先明《古典文学老年读本》有感

先明同志要我给他的《古典文学老年读本》写个序。我一开始婉辞,一是我很少给人写序;二是我不是文史学者。但面对先明同志的要求,特别是考虑到我们共事多年,在工作中建立了一种难能可贵的亲密关系,我只能从命。

黄先明注定是个给人惊奇的人,我对他的认识就是从惊奇开始的。我到合肥工作的时候,他是市文化局长。第一次见到他时,我的心咯噔了一下,大概由于他是土生土长的合肥人,样子有些土,再加上他衣着随意,满口方言,我上看下看,觉得他高低不像个文化局长。在知识分子和俊男靓女成堆的文化系统,他能搞好吗?及至他干了几件漂亮事,才让我对他刮目相看,知道这人有才。确实,在十年文化局长的任上,他干得风生水起,给人惊奇不断:群众文化的氛围起来了,专业文化的精品出来了,文化设施的建设上来了,文化队伍的人才进来了;省里的大奖他们拿了,国家的大奖他们也拿了。一系列的惊奇为合肥市的文化建设做出了很大的贡献。

后来我到省里工作去了,但我和黄先明的联系没有中断。听说他在二〇一〇年退休后搞起了文学创作,很快出了两本散文集,并加入了省作协。这又给了我一个惊奇，一是他怎么能坐得住，静下心来耍笔杆子？二是他原来学的是数学呀，怎么搞起了文学创作？而且据说反响还不错。后来他再次让我惊奇，居然到老年大学去当了教师，讲授古典文学；居然他的班这两年一座难求；居然他还被评为了优秀教师。这次，安徽文艺出版社把他的"中国古典文学老年读本"编辑出版，居然一出就是三本。黄先明再次让我惊奇。

读了黄先明这三本书的书稿，我更是惊奇，但更多的是惊喜，因为这是一套很好的书。第一，这是难得的老年文学读物。面对即将来临的老龄社会，我们似乎准备不足，老年文学读物的稀缺就是其中之一。黄先明的书就是冲这个稀缺而来，为老年朋友量身定做。他以一个老年人的体验为老年人写书，有很强的针对性和实用性。第二，这套丛书集文学性、趣味性和知识性为一体，有很强的可读性。该书雅俗共赏，实用面广，有初中文化程度的人就可以读懂，文化程度高一点的人也可以根据书中提供的线索和思路再进行深入一步的学习。第三，这套丛书的内容积极、健康，满含正能量。书中广泛宣扬的诸如爱国为民、廉洁反腐、高风亮节、品行道德、感怀喻理等，高歌中国的悠久历史、不朽文化和传统美德，很有现实意义。第四，该书满足了爱好古典文学的老年朋友的需要，丰富了他们的精神文化生活，是一件功德无量的好事。同时也将会对宣传国学、学习国学、弘扬国学起到良好的推动作用。第五，该书很好地从人文方面宣传了安徽。作为一个安徽人，从书中我们可以感受到黄先明对家乡炽热的爱。内容只要涉及到安徽，他就深钻细研，力求穷尽，如江南四大名楼之一的宣城谢朓楼、中国四大名亭之首的醉翁亭、楚国国都寿县、徽班进京、曹植与合肥、欧阳修与滁州、徐霞客与黄山等内容，很提安徽人的精气神。这套书的长处还不止这些，请读者朋友自己去体会吧，相信大家会和我有同感。当然这套书也有不足，如有些地方结构还不够严密、一些史实钻得还不够深、个别用词还不够精当等。但是瑕不掩瑜，一些问题的存在并不影响这是一套好书。相信他以后的编著会做得更好。

时至金秋，橙黄橘绿，正是收获的季节。人也是这样，虽然老之将至，但桑榆未晚，彩霞满天，仍是绚丽灿烂的时节，正如书中所录苏东坡的诗句所说：“一年好景君须记，最是橙黄橘绿时”。黄先明有丰富的阅历，有一定的文化功底，有强烈写作冲动，现在正是他厚积薄发、收获果实的时候。

我们期待先明同志给我们更多的惊奇。

2014 年 8 月于合肥

（郭万清，原安徽省人大常委会副主任，曾任合肥市市长。）

前　言

这是我在合肥市老年大学讲授古典文学教材的第二册，内容是中国古典文学部分文体介绍。

中华民族五千年的悠久历史，创造了灿烂的文化。而用语言艺术塑造形象、反映社会生活的古典文学，则是中国文化的重要组成部分。中国古典文学有诗歌、散文、小说以及词、赋、曲等多种表现形式，在各种文体中，又有多种多样的艺术表现手法，从而使中国古典文学呈现出多姿多彩、绚丽灿烂的图景。

该册教材包括史书文学、楚辞、汉赋、戏曲、小说等文体介绍，不包括大家十分熟悉的散文、诗词等，也不包括大家不太熟悉的乐府、奏议、书论、铭诔、变文等。虽然游记不是专门的一种文体，但因为它在古典文学中占有很大的分量，因此作为附录编入本书。因为阅读的对象是老年同志，我讲述时尽量做到浅显易懂，而且尽可能地增强趣味性和故事性，所以艰涩的文字我一般不引用，而逸闻趣事及名家名作则引用相对多一些。

编这本教材的目的很明确，就是普及中国古典文学的文体知识，以进一步增强爱好古典文学的老同志的读书兴趣，或是培植新的古典文学爱好者，以使博大精深的国学能有不绝的影响。这样的目的哪怕能实现万一，我也就感到很欣慰了。

黄先明

2014 年 7 月

第一讲　史家之绝唱　无韵之离骚

——读《报任安书》谈史书文学

一、关于《报任安书》

司马迁的《报任安书》，也叫《报任少卿书》，是他写给好友任安的一封信。在这封信中，司马迁以极其激愤的心情，申述了自己不幸的遭遇，抒发了内心的无限痛苦，对封建专制制度进行了血泪的控诉。特别是他提出了“人固有一死，或重于泰山，或轻于鸿毛”的生死观，表现出了他为实现可贵的理想而甘受凌辱，坚韧不拔的战斗精神。文章感情真挚，语言流畅，具有强烈的艺术感染力。

任安，字少卿，西汉荥阳（今河南荥阳市）人。年轻时家境贫寒，后来做了大将军卫青的舍人，由卫青荐举，当了郎中，后迁为益州刺史。征和二年（前 91 年），朝中发生巫蛊之祸，佞臣江充乘机诬陷戾太子（刘据，也称卫太子）。戾太子发兵诛杀江充等，与丞相刘屈氂军大战于长安。当时任安担任北军使者护军(监理京城禁卫军北军的官),乱中接到戾太子要他发兵的命令,但他按兵未动。戾太子事件平定后,汉武帝认为任安"坐观成败""怀诈,有不忠之心",论罪腰斩。任安在几年前曾写信给司马迁,希望他能"尽推贤进士之义",利用中书令的身份举荐他。但那时司马迁的心情极其低落,因李陵之祸他被处以宫刑,遇赦出狱后担任中书令,虽然表面上是皇帝的近臣,实则近似于宦官,为士大夫所轻贱。因此对于任安的来信,司马迁由于自己的遭遇和处境,而感到很为难,所以一直没有回复。后任安因罪下狱,被判死刑,直到临刑前,司马迁才给他写了这封著名的回信(原文收录在《古文观止》里,此处略)。

在这封信中,司马迁首先说明了迟迟没有复信的原因。接着写道:一个人如何修身,是判断他智慧的凭证;一个人是否乐善好施,是评判他仁义的起点;一个人如何取舍,是体现他是否道义的标志;一个人如何面对耻辱,是断定他是否勇敢的准则;一个人建立了怎样的名声,是他品行的终极目标。一个人有了这五种品德,就可以立足于社会,排在君子的行列中了。接着他写道,因为替兵败的李陵说了几句公道话,就蒙受了宫刑的奇耻大辱。他用极度悲怆的心情说:一个人最重要的是不辱祖先,其次是自身不受侮辱,再次是不因别人的脸色而受辱,再次是不因别人的言语而受辱,再次是被捆绑在地而受辱,再次是穿上囚服受辱,再次是戴上脚镣手铐,被杖击鞭笞而受辱,再次是被剃光头发、颈戴枷锁而受辱,再次是毁坏肌肤、断肢截体而受辱,最下等的是腐刑,侮辱到了极点。他说:“人本来就有一死,但有的人死得比泰山还重,有的人却比鸿毛还轻,这是因为他们生存所追求的东西不同啊!我虽然怯懦软弱,想苟活在人世,但也颇能区分弃生就死的界限,哪会自甘沉溺于牢狱生活而忍受屈辱呢?再说奴隶婢妾尚且懂得自杀,何况像我到了这样不得已的地步!我之所以忍受着屈辱苟且活下来,陷在污浊的监狱之中却不肯死,是遗憾我的心愿没有达到,如果平平庸庸地死了,我的文章就不能在后世显露。”为了实现父亲的遗愿,为了完成他凝聚心血的《史记》,司马迁以史上卓异不寻常的人激励自己:“西伯姬昌被拘禁而扩写《周易》;孔子受困窘而作《春秋》;屈原被放逐,才写了《离骚》;左丘明失去视力,才有《国语》;孙膑被截去膝盖骨,《兵法》才撰写出来;吕不韦被贬谪蜀地,后世才流传着《吕氏春秋》;韩非被囚禁在秦国,写出《说难》《孤愤》。我要像他们那样,想活下来从事著述来表达自己的思想。我收集天下散失的历史传闻,粗略地考订其真实性,综述其事实的本末,推究其成败盛衰的规律,上自黄帝,下至当今,写成十篇表,十二篇本纪,八篇书,三十篇世家,七十篇列传,共一百三十篇,也是想探求天道与人事之间的关系,贯通古往今来变化的脉络,成为一家的言论。在草创还没有成书的时候,就遭遇到这场灾祸,我痛惜这部书没有完成，因此遭受了最残酷的刑罚时也没有怨怒之色。我确实想完成这本书，先把它藏之名山，以后传给志同道合的人，然后再让它广传于天下。”

《报任安书》是一篇激切感人的至情散文，司马迁用千回百转之笔，表达了自己的光明磊落之志、愤激不平之气和曲肠九回之情，辞气沉雄，情怀慷慨。

全文融议论、抒情、叙事于一体，文情并茂。简括的叙事为议论作铺垫，而议论之中又饱含着感情。如“若九牛亡一毛，与蝼蚁何以异”，抒发了对社会不公的愤慨；“仆虽怯懦欲苟活，亦颇识去就之分矣，何至自沉溺缧绁之辱哉”，满怀悲切郁闷，溢于言表；“肠一日而九回，居则忽忽若有所亡，出则不知其所往。每念斯耻，汗未尝不发背沾衣也”，如泣如诉的话语，读起来使人悲痛欲绝……这些富于抒情性的语言，将作者内心久积的痛苦与怨愤表现得淋漓尽致，如火山爆发，如江涛滚滚，给人以巨大的震撼。

司马迁用大量的铺排，增强了感情抒发的磅礴气势。如叙述腐刑的极辱，从“太上不辱先”开始，十个排比句，一连用了八个“其次”，层层深入，最后逼出“最下腐刑极矣”这句极致的话。这类语句，有如一道道闸门，将司马迁心中深沉的悲愤越蓄越高，越蓄越急，最后喷涌而出，一泻千里，如排山倒海，撼天动地。

典故的运用，使感情更加慷慨激昂，深沉壮烈。第二段用西伯、李斯、韩信等王侯将相受辱而不自杀的典故,直接引出"古今一体"的结论,愤激地控诉了包括汉王朝在内的封建专制下的酷吏政治;第五段用周文王、孔子、屈原等古圣先贤愤而著书的典故,表现了自己隐忍的苦衷、坚强的意志和奋斗的决心。这些典故,援古证今,明理达情,让我们更深刻地感受到了作者伟岸的人格和沉郁的感情。

文章修辞手法的多样,丰富了感情表达的内涵。如"盖文王拘而演《周易》"以下八个叠句,实际隐含着八组对比,同时又两两对偶,与排比结合,既表明了对历史上杰出人物历经磨难而奋发有为的现象的认识,又表明了作者欲以他们为榜样,矢志进取、成就伟业的坚强意志,气势雄浑,令人欲悲欲叹。又如"猛虎在山,百兽震恐……"一句,运用比喻,沉痛地控诉了人间暴政对人性的扼杀和扭曲,形象地说明了"士节"不可受辱的道理,真是痛彻心扉。其他像引用、夸张、讳饰等修辞手法的运用,都真切地表达出作者跌宕起伏的情感,有时奔放激荡、不可遏止,有时隐晦曲折、欲言又止,让我们似乎触摸到了作者内心极其复杂的矛盾与痛苦。

在《报任安书》中,司马迁通过富有特色的语言,真切地表达了激扬喷薄的愤激感情,表现出峻洁的人品和伟大的精神,可谓字字血泪,声声衷肠,气贯长虹,催人泪下。前人的评价"感慨啸歌有燕赵烈士之风,忧愁幽思则又直与《离骚》对垒",实在精辟。

读了《报任安书》,我们更加感受到了司马迁的伟大,同时更加感觉到《史记》的珍贵。

二、伟大的史学家、文学家司马迁

司马迁(前145年或前135年—前87年?),字子长,西汉夏阳(今陕西韩城市,一说是山西河津市)人,中国古代伟大的史学家、文学家,被后人尊称为“史圣”。他最大的贡献是创作了中国第一部纪传体通史《史记》(原名《太史公书》)。《史记》记载了从上古传说中的黄帝时期到汉武帝元狩元年,长达3000多年的历史。司马迁以其“究天人之际,通古今之变,成一家之言”的史识,完成了史学巨著《史记》,被鲁迅誉为“史家之绝唱,无韵之《离骚》”。《史记》位列“二十五史”之首。

司马迁的先祖是颛顼时期的天官,直系祖先是战国时期秦国著名的武将司马错,六世祖司马靳为名将武安君白起的副手。司马错和司马靳的军事之功为秦国奠定了一统天下的军事基础。司马迁的父亲司马谈是当时非常杰出的学者,在汉武帝建元六年至元封元年间任太史令。司马迁从小受到了良好的教育,加之他学习十分认真刻苦,从而成了一个学识渊博的人。20岁时,司马迁从长安出发,到各地游历,回到长安后做了郎中。他曾几次随汉武帝出外巡游,到过很多地方,并奉汉武帝之命出使过云南、四川、贵州等地。这些经历更加丰富了司马迁的学识。汉武帝元封元年(前110年),司马迁的父亲司马谈去世,临终前对他说:“余死,汝必为太史,为太史,无忘吾所欲论著矣。”因此他决心继承父亲的遗志,撰写历史著作。三年后,38岁的司马迁承袭父职,担任太史令。在与唐都、落下闳等共同完成了《太初历》后,司马迁便潜心修史,开始了《史记》的写作。

正当司马迁潜心写作《史记》的时候,却遭遇了惨烈的李陵之祸。李陵是李广的孙子。李广是抗击匈奴的名将,为汉朝立下了赫赫战功,被人称为“飞将军”,唐朝诗人王昌龄写的《出塞》诗中有“但使龙城飞将在,不教胡马度阴山”之句。公元前99年(天汉二年),李陵跟随贰师将军李广利出击匈奴,汉武帝让他率军保障汉军的后勤补给。但李陵求功心切,希望率军上前线杀敌。汉武帝说,我知道你想独当一面,不愿归别人统领,但这次行动规模大,我无法为你配备马匹。李陵立下豪言说,我不要马匹,只要五千步兵就可以摧毁匈奴宫廷。闻听此言,李广利十分忌恨李陵。而汉武帝却非常高兴,同意了李陵的要求,并令伏波将军路博德担任他的后援,负责接应掩护。可是路博德同样耻于当李陵的副手,便上书汉武帝说,秋季来临,匈奴正是马肥草茂、兵势强盛之时,请陛下令李陵暂缓进军,待明年春季再攻打匈奴。汉武帝看后大怒,以为是李陵反悔不想出兵,才让路博德上书的。于是下令路博德率军往西河攻击匈奴,李陵出兵居延。

可是到达匈奴后,李陵的五千步兵被缇侯单于的三万大军包围,苦战数月,杀敌无数。关键时刻,汉军的军侯管敢投降匈奴,将汉军前无援兵、箭矢粮草将尽的底细全部托出。单于大喜,命令急攻汉军。汉军撤至仡汗山口时,距离边塞不过一百多里,士卒尚有三千余人,但是箭矢已射尽,兵器尽毁。于是将大车拆毁,用车辐为兵器,继续作战。进入峡谷后,匈奴占据险要地段,猛烈攻击汉军,汉军死伤惨重,再也无法前进一步。入夜后,李陵独自一人提刀出营,查看敌情,但见篝火熊熊,人影绰约。他对左右感叹道:"只要再有几十支箭,我就可以脱离险境,可是如今连一支都没有了!天明之后,只能束手就擒。"于是李陵命士卒每人带两斤干粮一块冰,分散突围,到遮虏障会合。夜半时分,李陵下令击鼓突围,然而鼓已破,无法发声。李陵与校尉韩廷年突围,汉军数十壮士仍死命相随李陵。而后在匈奴数千人的追击和围攻之下,韩廷年阵亡。李陵眼见全军覆灭,长叹道:"再也无颜回报陛下。"于是被俘投降。残余部众分散突围,最后只有四百余人逃回汉塞。李陵在匈奴一年有余。汉武帝派因杅将军公孙敖率兵攻打匈奴,无功而还,公孙敖于是借口说:"捕得生口,言李陵教单于为兵以备汉军,故臣无所得。"武帝闻后,怒将李陵母弟妻子全部诛杀。后来,汉遣使者出使匈奴,李陵对使者说:"吾为汉将步卒五千人横行匈奴,以亡救而败,何负于汉而诛吾家?"使者说:"汉闻李少卿教匈奴为兵。"李陵说:"乃李绪,非我也。"至此,李陵彻底断绝了回汉的念头。匈奴单于对李陵十分器重,把女儿嫁给了他,封他为右校王。李陵在匈奴生活了二十余年,但从未参与匈奴对汉朝的军事行动。公元前74年,李陵病死在匈奴。

李陵兵败投降,汉武帝极其愤怒。群臣皆言李陵有罪,武帝问司马迁,司马迁为李陵辩护说:"李陵带去的步兵不满五千,他深入到敌人的腹地,打击了几万敌人。虽然打了败仗,可是杀了这么多敌人,也是可以向天下人交代的。再说了,李陵兵败还有一个原因,就是贰师将军李广利没有率主力去救援,致使他孤军深入,以少战多。我认为李陵是个有骨气的人,他之所以不肯马上去死,可能有他自己的主意,说不定是想以后将功赎罪来报答陛下。"汉武帝听了这些话,勃然大怒,一是认为司马迁替投降敌人的叛徒辩解,是存心反对朝廷;二是有意贬低李广利,而李广利是他宠妃李夫人的哥哥。于是便把司马迁下了监狱,交给廷尉处理。司马迁被关进监狱以后,案子落到了当时臭名昭著的酷吏杜周手中,杜周严刑审讯司马迁。司马迁忍受了各种肉体和精神上的残酷折磨,始终不屈服,不认罪。他反复申辩:"一个做臣子的,就不能发表意见吗。可怜李陵一家几代忠臣,到头来却落得个满门抄斩的悲惨下场。"这使得司马迁也被判了死刑。汉朝的死刑可以用两种办法豁免,一是交50万钱赎罪,一是接受宫刑。宫刑是个奇耻大辱,污及先人,见笑亲友。司马迁本想一死，但想到多年搜集的资料，想到要继承父亲遗愿——撰写史书，完成《史记》写作的夙愿，他不能死。然而他又无法筹到钱来赎罪，因此只能忍辱负重，选择接受宫刑。

太始元年（前96年），汉武帝因改元而大赦天下。司马迁获释出狱，这年他50岁。出狱后，他“尊宠任职”，且升职当了中书令。这个时候的司马迁抛开了一切杂念，专心致志地写他的史书。其间，在53岁的时候他写了著名的《报任安书》，对他人讲述了自己凄惨的遭遇和悲愤的心情。到了征和二年（前91年），55岁的司马迁终于完成了全书52万余言的《史记》。司马迁完成《史记》后，知道该书不被当世所容，因此抄了两部，正本在他的工作场所即宫廷里，副本则藏在家中。果然，《史记》成书后，被认为“是非颇谬于圣人，论大道则先黄老而后六经，序游侠则退处士而进奸雄，述货殖则崇势利而羞贱贫，此其所蔽也”，被指责为对抗汉代正宗思想的异端代表。因此，在很长时间里，《史记》一直被视为离经叛道的“谤书”，只有宫中的极少数人才能见到，因此不但得不到应有的公正评价，而且当时学者也不敢为之作注释。到汉宣帝时期，司马迁的外孙杨恽开始把该书内容向社会传播，但是篇幅流传不多，而且很快因为杨恽遇害而中止了。一直大约到东汉中期以后，《史记》才得到比较广泛的传播流行。

写完《史记》，司马迁就销声匿迹了，史书上再也没有关于他的任何记载。他是死是活,什么时候死的,怎么死的,都成了历史的悬案。关于他的死亡时间,历史上有多种不同说法,一说是死于汉武帝征和二年(前 91 年),55 岁;一说是死于征和三年(前 90 年),56 岁;一说是死于汉武帝后元二年(前 87 年),59 岁;又一说是死于汉昭帝始元元年(前 86 年),60 岁。一般都倾向于他死于 55 岁这一说。据我的揣测,司马迁如此刚烈之人,在他实现了毕生为之奋斗的目标后,必然羞于在官场与人为伍,是无论如何也不会在世间露面的,他要么是果决地结束了自己的性命,要么是隐居山林,终老一生。无论怎样,他的结局都是很凄惨的。

后人为纪念司马迁,在他的家乡建了祠墓。司马迁祠墓坐落在韩城市南 10 公里芝川镇南门外,位于黄河西岸梁山东麓的韩奕坡悬崖上,始建于西晋永嘉四年(310 年)。现在,司马迁祠和墓被列为全国重点文物保护单位。芝川镇西塬上徐村还有司马迁故里、墓碑等遗迹。韩城城内也有太史公祠,邑人莫不祭之,据说有孝廉徐氏携香火入试燕京,号称“助文”。至今韩城人仍有每逢节日祭拜司马迁的习俗。

再给大家介绍一个民间传说。据传,司马迁死后,他的夫人柳倩娘为保住《史记》副稿及免遭满门抄斩之祸,便让两个儿子司马临(字与仲)、司马观(字何求)身藏《史记》副稿,逃回故乡韩城。司马迁族人连夜由族长司马厚召集主事人商议,决定让他们改姓和迁居。长门在“马”字旁加两点，改姓“冯”；次门在“司”字旁加一竖，改姓“同”。他们逃往荒无人烟的巍山老牛坡下，定村名为“续村”，表示“高门之续”，以表明司马氏家族后继有人。后又担心被人识破，借“徐”“续”同音，取村名为“徐村”。后人为祭祀祖宗司马迁，合族兴建了“汉太史遗祠”，至今遗祠还保存在千年古村徐村之中。从此，司马迁的后代便分别姓“冯”和“同”了。如今，每逢清明节，前往司马迁坟前拜祭的人群中，有不少便是姓同和姓冯的。他们都是司马迁的后人。

李陵山，合肥的紫蓬山又叫李陵山。李陵的后代李典（字曼成）是三国时曹操手下的大将。建安十四年（209 年），李典与张辽、乐进在庐州（今安徽合肥市）联合打败了孙权。当年李典镇守庐州时，在紫蓬山上建庙，以祭祀他的七世祖李陵，因此紫蓬山也叫李陵山。李典死后葬在紫蓬山，山上保存有李典墓遗迹。魏文帝曹丕继位后，追谥李典为愍侯。

三、《史记》是一部什么样的著作

司马迁历经三十多年坎坷艰辛和凄惨悲苦的人生，为我们留下了一部巨著《史记》。“史记”原本是各国史书的通称，司马迁的著述也正是参考战国时期各国史记所作，它的原名叫《太史公书》或《太史公》。但后来因为它的巨大影响，“史记”就成了司马迁《太史公书》的专用名称了。

西汉成帝时期的著名学者、哲学家、文学家、语言学家扬雄在《法言》一书中写道:“太史迁,曰实录”“子长多爱,爱奇也”。扬雄是赞扬司马迁实录精神的第一人,他提出的“实录”与“爱奇”,历来为人所赞同。东汉著名史学家、文学家班固是系统评论司马迁的第一人,在他修的《汉书》中有《司马迁传》。班固在赞语中极力夸赞司马迁:“自刘向、扬雄博极群书,皆称迁有良史之材,服其状况序事理,辩而不华,质而不俚,其文直、其事核,不虚美、不隐恶,故谓之实录。”唐代研究《史记》成就最大者当推散文大家韩愈、柳宗元,他们两人在肯定了《史记》在史学上崇高地位的同时,也充分肯定了此书的文学价值,又奠定了司马迁在中国文学史上的崇高地位。韩愈十分推崇司马迁的文学才华,他说:“汉朝人莫不能文,独司马相如、太史公、刘向、扬雄之为最。”他认为司马迁作品的风格“雄深雅健”,《史记》后来成了他作文的样本。柳宗元认为《史记》写得“朴素凝练、简洁利落,无枝蔓之疾;浑然天成、滴水不漏,增一字不容;遣词造句,煞费苦心,减一字不能。”

《史记》就是这么一部千古推崇的伟大著作。

首先,它是一部史书。《史记》是中国最早的一部纪传体通史,被人们称为“信史”。全书共一百三十卷,五十二万六千多字,它包罗万象,又融会贯通,脉络清晰,翔实地记录了上古时期举凡政治、经济、军事、文化等各个方面的发展状况，反映了我国汉代以前三千年间政治、经济、文化各方面的发展过程。

《史记》是我国纪传体史学的奠基之作，同时也是我国传记文学的开端。中国历代的统治者对历史的记载向来十分重视，因此中国的史学产生很早，早在奴隶社会就有了史官，先秦时期史传文学就已经初具规模。但在西周以前，史官是一种神职，专掌祭祀、占卜，和巫、筮（shì）、卜是同类职务。另外史官还负责文书起草以及帝王巡游、祭祀等大事的记载和文书图籍的保管。当时的史官是统治阶级中掌握文化的人。到春秋战国时期，史书的记载虽然有了很大的进步，但仍然未能摆脱神意天命论的束缚，同时在记述的体系上也有很多问题。在司马迁之前，中国的历史著作已经有不少，有以年代为编次的“编年史”，如《春秋》；有以地域为限的“国别史”，如《国语》；有以文告档卷形式保存下来的“政治史”，如《尚书》；还有一些学术史等。但这些历史著作都存在不少问题，从记载的范围和时间来说，都只是记一国或数国某段时期的历史，没有一部囊括中外、贯通古今的通史；在内容方面都局限于上层统治阶级的盟会或征战，而没有社会各阶层代表人物活动的记载，更没有经济、文化、地理等方面的专门叙述。也就是说，在司马迁之前还没有人曾科学地编排整理，产生一部完整的“中国史”。司马迁独能融会贯通，完成了划时代的纪传体史书。以人物为中心的纪传体史学著作，是司马迁的首创。《史记》的出现，标志着中国古代史传文学的发展已经达到高峰。

《史记》分本纪、表、书、世家、列传五个部分。十二"本纪"，记载历代帝王的兴衰和重大历史事件；十"表"，以表格形式呈现的各个历史时期的大事记；八"书"，是关于天文、历法、水利、经济、文化等方面的专题史；三十"世家"，是历朝诸侯贵族的活动和事迹；七十"列传"，为历代各阶层有影响人物的传记，有少数篇章记载少数民族等的历史。

《史记》这样一部空前的伟大著作，对后世史学和文学的发展都产生了深远影响，奠定了之后作史的范例，其中司马迁首创的纪传体编史方法为后来历代史学家所传承和尊奉。无论在编次和门类等方面有什么变化，"纪"和"传"都绝无例外地沿袭了下来。之后的"二十四史"等纪传体的史书，人们把它们称为"正史"，就是因为《史记》是这些史书的开山祖师。

司马迁《史记》的成就，不仅仅表现在他创设的体例上，更表现在他求实的态度上。他以一辈子的心血一丝不苟地倾身于《史记》的创作，很早的时候就开始为写《史记》做准备，"二十而南游江、淮，上会稽，探禹穴，窥九疑，浮沅、湘。北涉汶、泗，讲业齐鲁之都，观夫子遗风，乡射邹峄；厄困蕃、薛、彭城，过梁、楚以归。于是迁仕为郎中，奉使西征巴、蜀以南，略邛、莋、昆明，还报命"。他就这样完成了知识积累的初始工作，然后凭借丰富的社会实践，开始《史记》的写作。入手之初，他广泛地征求当时流传的史料，加以甄择，先编成基本的记录，然后细致地参订这些记录的异同，又趁着游历的便利到处进行实地调查，改正了不少以前书本上的错误。因此，他作的《史记》真正做到了崇实斥伪，提高了著作本身的传信价值。

尤其可贵的是，司马迁的《史记》以进步的历史观和大无畏的精神，勇敢地记述了真实的历史。比如说本纪一类，是记载帝王事迹的，但他认为秦亡汉兴的五年间，实际领导各支起义力量来推翻暴秦王朝的是项羽，虽然后来项羽没当上帝王，但司马迁还是把他当作帝王看待，为他创立了《项羽本纪》，在刘姓为帝的汉朝，这是何等的无畏之举。又比如，陈胜揭竿而起，首举义旗，反抗暴秦，可惜才一年多就兵败被杀。虽然他在推翻秦王朝上功绩不及项羽，但司马迁还是把他看作王侯，归在《史记》的“世家”系列里，而且排在汉初诸世家之首，位列萧何、张良之前。这是司马迁有意褒扬的特例。再比如汉高祖刘邦死后，他的儿子刘盈继位，史称汉惠帝。但当时一切实权都由刘邦的妻子吕雉掌握，刘盈只是一个虚名，除了沉湎于色欲麻醉自己之外，没有什么大的作为，于是司马迁忠实于历史事实，干脆不设“孝惠本纪”，而是立了“吕太后本纪”。按照封建社会的正统观点来看，这是非常出格和大胆的，但司马迁不偏轻妇女，不仅不非难女主临朝，反而说“高后以女主称制，政不出房户，天下宴然，刑罚罕用,罪人是希,民务稼穑,衣食滋殖”,这是何等的识力。后世的史家就没有这样的胆量了,像班固作《汉书》时把项羽和陈胜降为列传,竟然把两人合在一起标为《陈胜项籍传》。另外,在《吕后纪》前面加入了短短的一篇《惠帝纪》。我们知道,史书最难写的是当代史,一般史家极难做到实事求是,而司马迁能以是非分明的眼光,对当时统治阶级的善恶也秉笔直书,对丑恶也毫不掩饰地揭发,如汉武帝刘彻的迷信求仙和贪功生事,将相大臣如公孙弘等人的巧诈逢迎,张汤、杜周等人的贪污残酷,窦婴、田蚡等人的钩心斗角和倾轧陷害,王公贵戚如燕王定国和齐厉王次景等的荒淫乱伦,等等,都被司马迁如实地记载了下来。难怪当时统治层里有人说这部著作是“谤书”,这也从另一方面说明了《史记》有强烈的斗争性和鲜明的正义感。

司马迁写《史记》,大大扩大了史书的范围,丰富了史书的内容。他突破了只为帝王将相作史的固有惯例,对社会各阶层的人物都同等看待,如儒生、游侠、农民、商人等在书中都有一定的地位,能充分得到记载,医、卜、星、相等各方面的社会生活都能给以广泛全面的叙述。这在过去的史书里是没有的。尤其值得一提的是,司马迁在《史记》里设了专门记叙从事“货殖”活动的杰出人物的类传《货殖列传》。“货殖”是指谋求“滋生资货财利”,即利用货物的生产与交换,进行商业活动,从中生财求利。这里的货殖,还包括各种手工业以及农、牧、渔、矿山、冶炼等行业的经营在内。这是体现司马迁经济思想和物质观的重要篇章。史学界公认，把“历史思想及于经济”，是《史记》的一大创举。

其次，它还是一部文学名著。司马迁在中国史学上创造了不朽的伟绩，同样也在文学界产生了巨大的影响。《史记》是传记文学名著，但它具有诗的意蕴和魅力。《史记》指次古今，出入风骚，对《诗经》和《楚辞》均有继承。《史记》是传记文学的典范，也是古代散文的楷模，它的写作技巧、文章风格、语言特点，无不令后代散文家翕然宗之。从唐宋古文八大家，到明代前后七子、清代的桐城派，都对《史记》推崇备至，他们的文章都深受司马迁的影响。

司马迁自幼诵读古代典籍，吸收了历史上丰富的知识，具有很高的文学修养。加上他遍游名山大川，接触多方面的事物，体验各阶层的生活，所以能够抓住社会上各色各样的典型人物，予以尽情地刻画和生动的描写。同时他能够冲破当时文坛上的陈腐旧套，吸收人民群众新鲜活泼的语言，提高自己写作的技巧，因此他扬弃了当时流行极盛的辞赋骈偶形式，扩大了长短相错的散文领域，创造了自己干净利落优美独特的风格。凡经他笔端描写的人物，都成了有血有肉、个性独特的鲜活的人。司马迁的艺术手段特别高妙，对于极其复杂的事实，他都措置得非常妥帖，秩序井然，再加以视线远，见识高，文字生动，笔力洗练，感情充沛，信手拈来，莫不词气纵横，形象明快。《史记》里面有很多动人的故事和优美的文字，读来使我们爱不释手。

正是由于司马迁的《史记》具有伟大的感染力，在中国文学史上产生了巨大的影响，因此在后世蔚然形成了一脉相传的散文主流。唐朝的韩愈为了要从当时盛行的骈偶文体中求得解放，便全力发动"古文运动"，提倡散文，形成了一时风气，取得了重大的成绩，人们称赞他"文起八代之衰"。他所说的散文，就是屈原、司马迁、司马相如、扬雄等人的表现手法，"古文运动"就是要继承和发扬他们的艺术成就，振兴当今文坛，其实他追求的最高目标就是《史记》。后来的宋、元、明诸大家以及清朝桐城诸派的所谓古文都是这一主流中涌起的绚丽波澜。

说起《史记》对后世文学的影响，从时间上来讲，那是久远的，从范围上来讲，那是全方位的，无论你给以怎么高的评价都不为过。首先，它其中的不少篇幅是史学名篇，更是文学名篇，写得精妙绝伦。中国近代著名史学家和文学家梁启超为我们指定了《史记》的十大名篇：《项羽本纪》《魏公子列传》《廉颇蔺相如列传》《鲁仲连邹阳列传》《淮阴侯列传》《魏其武安侯列传》《李将军列传》《匈奴列传》《货殖列传》和《太史公自序》。这是学习中国文学不得不读的。其次，这部著作给我们留下了许多令人叹为观止的名句，历经两千多年，人们依然耳熟能详，如"项庄舞剑，意在沛公""人为刀俎，我为鱼肉""众口铄金，积毁销骨”“桃李不言,下自成蹊”“失之毫厘,谬以千里”“匈奴未灭,无以家为”“王侯将相宁有种乎”“燕雀安知鸿鹄之志哉”“运筹帷幄之中,决胜千里之外”“良药苦口利于病,忠言逆耳利于行”“不鸣则已,一鸣惊人;不飞则已,一飞冲天”“智者千虑,必有一失;愚者千虑,必有一得”等等。第三,《史记》给中华文化宝库贡献了大量的成语,如网开一面、酒池肉林、焚书坑儒、指鹿为马、先发制人、破釜沉舟、项庄舞剑,意在沛公、霸王别姬、四面楚歌、一败涂地、约法三章、明修栈道,暗度陈仓、运筹帷幄、高屋建瓴、卧薪尝胆、鸟尽弓藏、招摇过市、韦编三绝、鸿鹄之志、毛遂自荐、脱颖而出、一言九鼎、完璧归赵、负荆请罪、怒发冲冠、刎颈之交、纸上谈兵、一字千金、奇货可居、图穷匕见、背水一战、肝脑涂地、多多益善、鸡鸣狗盗、狡兔三窟等等。第四,《史记》为中国古代的小说、戏剧、传记文学等建立了一批重要的人物原型,在后代的小说、戏剧中,所写的帝王、英雄、侠客、官吏等各种人物形象,有不少是从《史记》的人物形象演化出来的。小说多以《史记》为取材之源,其中比较典型的有冯梦龙的《东周列国志》。戏剧方面,由于《史记》的故事具有强烈的戏剧性,人物性格鲜明,矛盾冲突尖锐,自然而然就成为后代戏剧取材的宝库。据《元代杂剧全目》所载,取材于《史记》的剧目就有 180 多种。据统计,在现存 132 种元杂剧中,有 16 种采自《史记》里的故事,其中不乏一些具有世界影响的名作。自宋元至今的戏文有:《赵氏孤儿报冤记》

《冤报冤赵氏孤儿》《卓文君私奔相如》《灌将军使酒骂座记》《窃符记》《易水歌》《搜孤救孤》《卧薪尝胆》《和氏璧》《完璧归赵》《鸿门宴》《萧何月下追韩信》《霸王别姬》《大风歌》等等。已经失传的类似作品，肯定还有更多。

司马迁的《史记》是我国极其宝贵的文化遗产，值得我们很好地学习和继承。

四、《史记》文章选读

《项羽本纪》是《史记》中第七卷，是关于楚霸王项羽这一英雄人物的传记。这篇传记是《史记》中最精彩的一篇，它犹如一幅逼真传神的英雄画卷，色彩鲜明；又像一张秦汉之争的政治军事形势图，错综有序。文章通篇气势磅礴，情节起伏，场面壮阔，脉络清晰，疏密相间，语言生动，达到了思想和艺术的高度统一，成为我国文学史上的一篇不朽佳作。文中破釜沉舟、鸿门宴、楚河汉界、四面楚歌、十面埋伏、乌江自刎等故事，早已家喻户晓，历代传诵。

《项羽本纪》这篇本纪通过描写秦末农民大起义和楚汉之争的宏阔历史场面，生动而又深刻地描述了项羽的一生。他既是一个"力拔山""气盖世""近古以来未尝有"的英雄，又是一个性情暴戾、优柔寡断、刚愎自用、不谙计谋的武将。司马迁巧妙地把项羽性格中矛盾的各个侧面，有机地统一于这一鸿篇巨制之中，他虽然对项羽有深刻的挞伐，但更多的却是崇高的景仰以及由衷的惋惜和同情。虽然项羽最后失败了，但司马迁不以成败论英雄，依然把他作为帝王来看待。在《项羽本纪》后面，司马迁描绘了这样一幅悲壮的画面：项羽被刘邦的军队逼至绝境，他唯一爱的女人自尽了，他所有的军队都溃灭了，身边只剩下二十八名骑兵。他来到乌江边，一条小船横在江边，乌江亭长劝告他逃回江东，或许还可以重振旗鼓，东山再起。然而他没有这样做，他觉得自己没有脸面去见江东父老，于是以极富悲剧意味的方式承认了天定的悲剧结局，但却又对上天发出了挑战和怒吼。他用仅存的二十八名骑士重排阵式，再度冲锋，斩将夺旗。他瞠目一叱，便让敌兵辟易数里。就在这冲杀的一刻，他成为一个战胜者，成为一个无限荣耀的、通体洋溢着生命活力的斗士，这一刻，他以豪迈的意志、骄傲的尊严和无畏的勇气超越了即将到来的死亡的悲剧力量。最后，他挥剑自刎。项羽死了，但他精神不死，虽死犹生。从《项羽本纪》里，我们可以清晰地看到司马迁的价值取向。正是有了这段精彩的记载，使项羽的英雄事迹感动了一代又一代人，宋朝著名女词人李清照在《夏日绝句》诗中写道："生当作人杰，死亦为鬼雄。至今思项羽，不肯过江东。"很能说明这一点。

《项羽本纪》是以描绘项羽这一人物的形象，刻画这一人物的性格为主，同时也生动地叙述了战争情景。披卷读之，既可以闻见战场上的血腥，又听到战马的嘶鸣和勇士们的猛吼。这就是在广阔的历史背景下写人，又在写人的过程中写战争，二者相得益彰。战争因人物而壮观，人物因战争而更显生动。

《滑稽列传》是《史记》卷一百二十六，是专记滑（滑字在古文中读 gǔ）稽人物的类传。此篇主旨是颂扬滑稽人物不流世俗，不争势利的可贵精神，充分表现他们在"谈言微中，亦可以解纷"的非凡讽谏才能。全传貌似写的是极鄙极亵之事，其实紧扣主旨，多用赋笔，布局精巧，句法奇秀，妙趣横生，读来令人击节叹服。后世有人评论说："赞语若雅若俗，若正若反，若有理，若无理，若有情，若无情，数句之中，极嬉笑怒骂之致，真是神品。"这里介绍首尾两个故事，淳于髡（kūn）说齐威王事和西门豹治邺事（原文略）。

淳于髡说齐威王　淳于髡是齐国的入赘女婿。为人滑稽，能言善辩，屡次出使诸侯国，从未受过屈辱。齐威王在位时，喜好说隐语，又好彻夜宴饮，逸乐无度，陶醉于饮酒之中，把政事委托给卿大夫。文武百官也荒淫放纵，各国都来侵犯，国家危亡，可齐威王身边近臣都不敢进谏。于是淳于髡用隐语来规劝齐威王："都城中有只大鸟，落在了大王的庭院里，三年不飞又不叫，大王知道这只鸟是怎么一回事吗？"齐威王说："这只鸟不飞则已，一飞就直冲云霄；不叫则罢，一叫就使人惊异。"于是诏令全国七十二个县的长官来入朝奏事，然后奖赏一人，诛杀一人。又发兵御敌，于是诸侯十分惊恐，都把侵占的土地归还齐国。

齐威王八年（前371年），楚国大军侵犯齐境。齐王派淳于髡出使赵国请求救兵，让他携带黄金百斤，驷马车十辆作为礼物。淳于髡仰天大笑，将帽子的带子都笑断了。威王说："先生嫌礼物太少么？"淳于髡说："不敢嫌少。"威王说："那你笑什么？"淳于髡说："今天我从东边来，看到有个人在祈祷田神，拿着一个猪蹄、一杯酒，祈祷说要高地上收获的谷物盛满篝笼，低田里收获的庄稼装满车辆。五谷繁茂丰熟，米粮堆积满仓。我见他祭品很少，而求的东西太多，所以笑他。"于是齐威王就把礼物增加到黄金千镒、白璧十对、驷马车百辆。淳于髡告辞起行，来到赵国。赵王拨给他十万精兵，和一千辆裹有皮革的战车。楚国听到这个消息，连夜退兵而去。

齐威王非常高兴，在后宫设置酒宴，赐淳于髡喝酒。问说："你能够喝多少酒？"淳于髡回答说："我喝一斗酒也能醉，喝一石酒也能醉。"威王说："先生喝一斗就醉了，怎么能喝一石呢？能把这个道理说给我听听吗？"淳于髡说："大王当面赏酒给我，执法官站在旁边，御史站在背后，我心惊胆战，低头伏地，喝不了一斗就醉了。假如父母有尊贵的客人来家，我卷起袖子，弓着身子，奉酒敬客，客人不时赏我残酒，屡次举杯敬酒应酬，喝不到两斗就醉了。假如朋友间交游，忽然间相见了，高兴地讲述往事，倾吐衷肠,大约喝五六斗能醉。至于乡里聚会,男女杂坐,彼此敬酒,没有时间的限制,又做六博、投壶一类的游戏,呼朋唤友,相邀成对,握手言欢不受处罚,眉目传情不遭禁止,面前有落下的耳环,背后有丢掉的发簪,在这种时候,我最开心,可以喝上八斗酒,也不过两三分醉意。天黑了,把残余的酒并到一起,大家促膝而坐,男女同席,鞋子混杂在一起,杯盘杂乱不堪,堂屋里的蜡烛已经熄灭,主人单留住我,而把别的客人送走,绫罗短袄的衣襟已经解开,略略闻到阵阵香味,这时我心里最为高兴,能喝下一石酒。所以说,喝酒过多容易出乱子,欢乐到极点就会发生悲痛的事。所有事情都是这样的。"于是,齐威王停止了彻夜欢饮,并任用淳于髡为接待诸侯宾客的宾礼官。齐王宗室设置酒宴时,淳于髡常常作陪。

西门豹治邺　魏文侯时,西门豹担任邺县的县令。他到邺县后,会集地方上德高望重的人,问百姓疾苦。这些人说:"苦于给河伯娶媳妇,弄得民穷财尽。"西门豹问是怎么一回事,这些人回答说:"邺县的三老、廷掾每年都要向老百姓征收赋税,收取的钱有几百万,他们用其中的二三十万为河伯娶媳妇,而后和祝巫分那剩余的钱。到了为河伯娶媳妇的时候,女巫到处巡查,看到人家的漂亮女子,她就说适合做河伯媳妇,马上下聘礼娶去。然后给她洗澡洗头,做新的丝绸花衣,让她沐浴斋戒。随后在河边建造房子,给她独自居住,屋里张挂起赤黄色和大红色的绸帐。

过十几天，大家又一起装饰点缀好像嫁女儿一样的床铺枕席，让女子坐在上面，然后把它漂浮到河中。起初女子可以在水面上漂着，漂了几十里便沉没了。那些有漂亮女儿的人家，担心祝巫替河伯娶走她们，因此都带着自己的女儿早早地逃跑了。因为这个缘故，城里人越来越少，以致更加贫困。这种情况已经很久了，老百姓中流传着‘假如不给河伯娶媳妇，就会大水泛滥，会被淹死’的说法。”于是西门豹说：“再到给河伯娶媳妇的时候，希望三老、巫祝、父老都到河边去送新娘，我也要去送送这个女子。”

又到了为河伯娶媳妇的日子，西门豹与长老在河边相会。三老、官员、有钱有势的人、地方上的父老也都来了，来看热闹的老百姓有二三千人。那个女巫是个七十多岁的老婆子，跟着来的女弟子有十来个人，都身穿丝绸的单衣，站在老巫婆的后面。西门豹说：“叫河伯的媳妇过来，我看看她长得漂亮不漂亮。”人们扶着这个女子出了帷帐，西门豹看了看这女子，回头对三老、巫祝、父老们说：“这个女子不漂亮，麻烦大巫婆为我到河里去禀报河伯，就说要重新找一个漂亮的女子，迟几天送去。”说完，就叫差役们把大巫婆抛到河中。过了一会他说：“巫婆怎么去了这么久？叫她弟子去催催。”又把她的一个弟子抛到河中。过了一会他又说：“这个弟子为什么也去了这么久？再派一个人去催催她们。”又抛一个弟子到河中。总共抛了三个弟子。随后西门豹说：“巫婆、弟子都是女人，不能把事情说清楚。请三老替我去说明情况。”又把三老抛到河中。西门豹弯着腰，恭恭敬敬地站在河边等，长老、廷掾等在边上看得心惊肉跳。西门豹说：“巫婆、三老都不回来怎么办，再派一个廷掾或长老去催催他们吧。”这些人吓得在地上叩头，把头都叩破了，血流了一地，脸色像死灰一样。西门豹说：“好了，暂且留下来再等一会儿。”过了一会儿，西门豹说：“廷掾可以起来了，看样子河伯要留客留得很久，你们都就散了，离开这儿回家去吧。”邺县的官吏都非常惊恐，从此以后，再也不敢提为河伯娶媳妇的事了。

西门豹接着就征发老百姓开挖了十二条渠道，把黄河水引来灌溉农田，老百姓因此家给充足，生活富裕。直到现在邺县都能得到水的便利。所以西门豹做邺县令，名闻天下，恩德流传后世，没有断绝停止的时候，难道能说他不是贤大夫吗。

其他书上说：“子产(姬侨)治理郑国，民不能欺；宓子贱治理单父县，民不忍欺；西门豹治理邺县，民不敢欺。”

五、中国史书介绍

中国的史书非常丰富，相关著作可以说是浩如烟海，除了官方纂修的被公认的《二十四史》等正史外，还有数不清的野史，同时还有大量的历史通俗读物，像各类的演义及形形色色的“上下五千年”等。在这些史书中，《史记》无疑是最重要的。被人们称为中国四大史书的，司马迁的《史记》理所当然排在第一，其他三部依次是汉·班固的《汉书》，南朝·宋范晔的《后汉书》，晋·陈寿的《三国志》。另外，中国最著名的三本史书，分别是《史记》、左丘明的《春秋》和司马光的《资治通鉴》。

下面是《春秋》和《资治通鉴》的简要介绍。

《春秋》，又称《麟经》或《麟史》，是鲁国的编年史，经过孔子修订。记载从鲁隐公元年（前722年）到鲁哀公十四年（前481年）之间的历史，是中国现存最早的一部编年体史书。《春秋》一书的史料价值很高，是儒家经典，亦是五经之一。在中国古代，春秋代表一年四季，而史书记载的是一年四季中发生的大事，因此“春秋”是史书的统称，而鲁国史书的正式名称就是《春秋》。传统上认为《春秋》是孔子的作品，也有人认为《春秋》是鲁国史官的集体作品。

《春秋》的语言极为精练，事件的记载十分简略，但其对于242年间诸侯间的攻伐、盟会、篡弑及祭祀、灾异礼俗等，都有记载。它所记鲁国十二代的世次年代完全正确，所载日食与西方学者所著《蚀经》比较，互相符合的有30多次，足证《春秋》并非古人凭空虚撰，可以定为信史。据说孔子编写《春秋》，在记述历史时，暗含褒贬，为尊者讳，为亲者讳，为贤者讳，行文中不直接阐述对人物和事件的看法，而是通过细节描写，修辞手法和材料筛选，委婉而微妙地表达了作者的主观看法。人们把孔子的这种做法称为微言大义，或叫春秋笔法。由于《春秋》最初仅有18000多字，文字过于简质，而又在长期的流传过程中丢失了一些，现存版本只有16000多字，令人很难理解。因此后世一些学者为了阐述孔子的思想，撰写了一批专门的著作以解释《春秋》的内在涵义，对书中的记载进行解释和说明，称之为“传”。其中著名的有左丘明的《春秋左氏传》、公羊高的《春秋公羊传》和穀梁赤的《春秋穀梁传》，合称《春秋三传》，被列入儒家经典。其中我们最熟悉的是《左氏春秋》，汉代改称叫《春秋左氏传》，简称《左传》。现在我们见到的《春秋》一书，一般是把原文合编入《左传》作为“经”，把《左传》新增的内容作为“传”。《左传》是一部集大成式的史学巨著，是研究先秦历史和春秋历史的重要文献，对后世史学有重大影响，特别是对确立编年体史书的地位起了很大作用。《左传》不仅是历史著作，也是一部非常优秀的文学著作，长于记述战争，又善于刻画人物，重视记录辞令。其声律兼有诗歌之美，言辞婉转，情理深入，描写入微，是中国最为优秀的史书之一。《左传》代表了先秦史学和文学的最高成就。

《左传》里有很多的故事，其中我们比较熟悉的战争故事有郑伯克段于鄢、烛之武退秦师、子产不毁乡校、曹刿论战等。现介绍“子产不毁乡校”和“退避三舍”两个故事（原文略）。

子产不毁乡校 故事出自《左传·襄公三十一年》。子产是春秋时期的政治家，复姓公孙，名侨，字子产，又字子美。他在担

任郑国卿的时候仁厚慈爱，轻财重德，爱民重民，颇多建树。那时一些地方设有叫乡校的公共场所，既是学校，又是乡人聚会议事与娱乐的地方，也是养老兼校射的地方。这个故事说：郑国人常到乡校休闲聚会，议论执政者施政的好坏。大夫鬷(zōng)然明(名蔑)对子产说："把乡校毁了，怎么样？"子产说："为什么要毁掉？人们早晚干完活儿回到这里聚一下，议论一下施政措施的好坏。他们喜欢的，我们就推行；他们讨厌的，我们就改正。它是我们的老师呀，为什么要毁掉它呢？我听说应尽力做好事以减少怨恨，没听说过依权仗势来防止怨恨。制止这些议论不是很容易吗？然而这样做就像堵塞河流一样，河水大了形成的决口也大，造成的损害就大，伤害的人必然很多，那样我是挽救不了的。不如开个小口导流，就像我们听取这些议论后把它当作治病的良药。"然明说："我现在才知道您确实可以成大事，小人我确实没有才能。如果真的这样做，恐怕郑国真的就有了依靠，岂止是有利于我们这些臣子。"

孔子听到了这番话后说："照这些话看来，人们说子产不行仁政，我是不相信的。"

退避三舍　故事出自《左传·僖公二十二年》。由于骊姬乱晋，晋献公听信谗言，杀了太子申生，又派人捉拿申生的异母兄长重耳。重耳闻讯，逃出了晋国，在外流亡十九年。重耳逃到楚国，楚成王以很重的礼节接待他，因此问重耳道："如果公子返回晋国，拿什么来报答我呢?"重耳回答说："男女仆人、宝玉丝绸，您都有了。鸟羽、兽毛、象牙和皮革，都是贵国的特产。遍及晋国的东西，都是您剩下的。我能拿什么来报答您呢?"楚王说："即使这样，您总得要报答我吧?"重耳回答说："如果托您的福，我能返回晋国，一旦晋国和楚国交战，双方军队在中原碰上了，我就让晋军退避三舍(一舍等于三十里)。如果得不到认可，我就会左手拿着马鞭和弓梢，右边挂着箭袋和弓套奉陪您交战。"楚国大夫子玉请求成王杀掉公子重耳。楚成王说："晋公子志向远大而生活俭朴，言辞文雅而合乎礼仪。他的随从态度恭敬而待人宽厚，忠诚而尽力。现在晋惠公没有亲近的人，国内外的人都憎恨他。我听说姓姬的一族中，唐叔的一支是衰落得最迟的，恐怕要靠晋公子来振兴吧。上天要让他兴盛，谁又能废除他呢? 违背天意，必定会遭大祸。"于是楚成王就派人把重耳送回了晋国。后来晋楚两国在城濮交战，晋文公遵守诺言，把军队后撤九十里。

补白　中国古代的瞽史

据《汉书・艺文志》记载：古之王者设左右史，"左史记言，右史记事"，记事为文，记言为献，事为《春秋》，言为《尚书》，这是春秋时期两本著名的史书。人类历史最初是以口语传诵为主，而承担传诵任务的不少人是博闻强记的瞎子。因此当时有两种史官，即太史与瞽矇，瞽矇也是乐官。由于太史记录的文字极为简洁,需要通过瞽矇加以补充和丰富,并以说唱的方式传诵下去,因而他们成了史官,称瞽史。瞽矇传诵的历史被人记录下来就称为“语”,《国语》就是记录各国瞽矇传诵的总集(《论语》则是记录孔子及其弟子言行的总集)。中外在古代都有这种记事表意的方式,中国春秋时《左传》的作者左丘明是瞎子,古希腊《荷马史诗》的作者荷马也是瞎子。后来随着文字的进步与发展,瞽矇失职,但他们还是以说唱的方式在民间传诵历史,产生了各种各样的“话本”,最终催生了丰富多彩的历史演义,催生了小说的诞生。

《资治通鉴》,简称“通鉴”,是北宋司马光主编的一部编年体史书,共294卷,另有《考异》《目录》各30卷。在这部书里,编者总结出许多经验教训,以供统治者借鉴,宋神宗认为此书“鉴于往事,有资于治道”,即以历史的得失作为鉴诫来加强统治,所以定名为《资治通鉴》。全书300多万字,历时19年才完成,是我国编年史中包含时间最长的一部巨著。该书以时间为纲,事件为目,从周威烈王二十三年(前403年)写起,到五代的后周世宗显德六年(959年)征淮南停笔,涵盖16朝共1362年的历史。它是中国第一部编年体通史,在中国官修史书中占有极重要的地位。

《资治通鉴》的内容涉及政治、军事和民族关系等各方面,兼及经济、文化和历史人物评价,征引史料极为丰富,目的是通过对事关国家盛衰、民族兴亡的统治阶级政策的描述来警醒后人。

《资治通鉴》由司马光总其大成，精心定稿，并统一修辞。协修者有刘恕、刘攽（bān）、范祖禹3人。《资治通鉴》文字优美，叙事生动，且有相当高的文学价值，历来与《史记》并列被称为中国古代之史家绝笔。《资治通鉴》于叙事外，还选录了前人的史论97篇，又以“臣光曰”的形式，撰写了史论118篇，集中地反映了作者的政治、历史观点。他还对历史上有关图谶、占卜、佛道等宗教迷信，采取了批判的态度，是史学思想的重要进步。

《资治通鉴》的作者司马光（1019—1086），字君实，号迂夫，陕州夏县（今山西夏县）涑水人，世称涑水先生，北宋政治家、文学家、史学家。历仕仁宗、英宗、神宗、哲宗四朝，卒赠太师、温国公，谥文正。为人温良谦恭、刚正不阿，其人格堪称儒学教化下的典范，历来受人景仰。生平著作甚多，最主要的是史学巨著《资治通鉴》。司马光在仁宗末年任天章阁侍制兼侍讲知谏院时，便立志编撰《通志》，作为封建统治的借鉴。治平三年（1066年）撰成战国至秦朝的八卷上进，英宗命设局续修，神宗时赐书名《资治通鉴》。王安石行新政，他竭力反对，与王安石在帝前争论，强调祖宗之法不可变。后被任命为枢密副使，坚辞不就。次年退居洛阳，以书局自随，继续编撰《通鉴》。他修史极为认真，从发凡起例至删削定稿，都亲自动笔，至元丰七年（1084年）成书。他在《进资治通鉴表》中说：“臣今筋骨癯瘁，目视昏近，齿牙无几，神识衰耗，旋踵而忘。臣之精力，尽于此书。”司马光为此书付出毕生精力，成书不到两年，他便积劳而逝。元丰八年宋哲宗即位，高太后听政，召他入京主国政，次年任尚书左仆射、兼门下侍郎（即宰相），数月间尽废新法，罢黜新党。为相八个月病死。司马光也算是北宋名相，但他的主要成就反映在学术上，最大的贡献，是主持编写了历史巨著《资治通鉴》。

《资治通鉴》的内容极其丰富，里面有很多史料，有不少故事成了成语，如：手不释卷、开卷有益、刮目相待、吴下阿蒙、请君入瓮等等。下面讲几个历史故事。

第一故事是“请君入瓮”，事见《资治通鉴·唐纪·则天皇后天授二年》。唐朝女皇武则天为了加强统治，任用了一批酷吏，其中两个最为狠毒，一个叫周兴，一个叫来俊臣。他们利用诬陷、控告和惨无人道的刑法，杀害了许多正直的文武官吏和平民百姓。有一回，一封密信告发周兴与人联络谋反，武则天责令来俊臣严查此事。来俊臣想，周兴是个狡猾奸诈之徒，仅凭一封告密信，是无法让他说实话的，万一查不出结果，太后怪罪，我可担待不起。苦苦思索后，他想出一条妙计。于是来俊臣准备了一桌丰盛的酒席，把周兴请到自己家里。酒过三巡，来俊臣叹气说：“我平日办案，常遇到一些犯人死不认罪，不知老兄有何办法？”周兴得意地说：“这还不好办，你找一个大瓮，四周用炭火烤热，再让犯人进到瓮里，你想想，还有什么犯人不招供呢？”来俊臣点头称是，随即命人抬来一口大瓮，在四周点上火，然后对周兴说："宫里有人告你谋反，上边命我严查，现在就请老兄自己进瓮吧。"

第二个故事是"秦孝公不废徙木之赏"，事见《资治通鉴·周显王十年》。秦孝公任用公孙鞅（即商鞅）变法，法令已经制定，但还未公布。公孙鞅怕老百姓不相信法令会实施，便在国都咸阳集市立起一根三丈高的木杆，下令说谁能把它扛到北门去，赏给十金。老百姓觉得奇怪，没人相信，也就没有人去搬运。公孙鞅又下命令说能扛过去的，赏金加到五十金。于是有一个人将此木扛到了北门，公孙鞅立即给他五十金。就这样，公孙鞅给人留下了言而有信的印象，此后他才颁布了变法的法令，并得到了有效的施行。

第三个故事是"柳公权笔谏唐宪宗"和"唐文宗服三浣衣"，事见《资治通鉴·唐纪五十七》和《资治通鉴·唐纪六十一》。晚唐时期的柳公权不仅是大书法家，而且人品很高尚，是有名的忠臣孝子。唐宪宗李纯见到时任夏州观察判官柳公权的墨笔，很喜爱，便任命他为右拾遗、翰林侍书学士。一次皇上问柳公权："你的书法怎么能写得这么好？"他回答说："用笔在乎心地，心正笔法就正了。"皇上默默地改变了表情，知道柳公权是用书法来规劝自己。过了十几年，到了唐文宗李昂继位时，柳公权又增加了一个中书舍人的官衔。开成二年（837 年）四月十一日这一天，唐文宗在偏殿同大臣们说话时，举起衣袖说道："这件衣服已经洗过三次了。”众人都赞美皇上有俭朴的美德，唯独柳公权不说话，皇上问他什么缘故，他说：“陛下贵为天子，富有四海，当进贤退不肖，纳谏诤，明赏罚，乃可以致雍熙。服浣濯之衣，乃末节耳。”意思是说皇上的职责是善用有才德的，罢黜无才德的，接受正直的劝谏，这样才能使社会达到光明和乐的境地。至于穿洗过的衣服，不过是细枝末节罢了，不值得这样渲染。想不到皇上不但不生气，反而说：“我知道中书舍人不应该再当谏议大夫，但因为你有正直敢言的风采，因此需要委屈你来做这个官。”第二天就任命柳公权为谏议大夫，其他官职不变。

第四个故事是“韦云起直言不便”，事见《资治通鉴·隋纪三》。隋文帝朝时，兵部尚书柳述娶了兰陵公主，成了文帝的女婿。柳述依仗文帝的宠信，飞扬跋扈，连杨素之辈都趋附他。一次隋文帝对符玺直长韦云起说：“你在外面有不便直说的事，在这里可以说。”柳述当时正侍立在文帝身旁。韦云起奏道：“柳述为人骄傲强横，又没有办事经验，兵权机要的重任不是他所能担当得起来的，只因为他是主上的女婿，才身居要职。我恐怕有人议论陛下‘官不选择贤能之人，专选自己所宠信的人（官不择贤，专私所爱）’，这可是不利朝政的大问题啊。”文帝认为韦云起的话很对，回头对柳述说：“云起的话是你的治病良药。你可以把他看作老师和朋友。”到了秋季的七月初十，文帝下诏让朝廷内外的官员各自举荐自己了解的人。柳述就举荐韦云起，于是文帝任命韦云起为通事舍人(掌管呈递奏章,传达诏命)。这个故事里涉及的四个人都值得赞扬:韦云起敢于直言;隋文帝能听真话且不护犊;柳述事后外举不避仇。而兰陵公主则是个节女。到隋炀帝杨广当政时,柳述被流放龙川,杨广要她跟柳述离婚,她以死自誓不答应,并上表要求与柳述一起走。隋炀帝大怒,不准,致使兰陵公主后来忧愤而死。

第五个故事是"乐不思蜀",事见《资治通鉴·魏纪十》。公元264年,魏元帝封刘禅为安乐公,他的子孙和大臣封为诸侯的有五十人。有一次司马昭和刘禅一起欢宴,特地安排为刘禅演唱故国蜀地的音乐,在场的人都为刘禅的亡国感到悲伤,但刘禅却欢乐嬉笑,无动于衷。司马昭看见这种情形就对贾充说:"人的无情,竟到了这种地步,即使诸葛亮在世,也不能辅佐他长治久安,何况是姜维呢。"

又一天,司马昭问刘禅:"你很思念蜀国吗?"刘禅说:"这里很快乐,我不思念蜀国。"郤正知道了这事后对他说:"如果晋王再问起时,你应哭泣着回说,先人的坟墓都在蜀地,我心向着西面而悲伤,没有一天不思念呀。然后就闭上眼睛。"适逢司马昭再次问他,刘禅便照着郤正教他的话回答,说完闭上眼睛,想装出要哭的样子。司马昭于是说:"为何你刚才所说的话,像是郤正的语气呢?"刘禅听了大惊,睁眼望着司马昭说:"您的话确实没有错。"左右的人都笑了。

第二讲 浪漫而华彩的阳春白雪

——谈楚辞

一、关于《楚辞》

楚辞又称“楚词”，是战国时代诞生于楚地（今两湖一带）的一种全新的诗体，是伟大诗人屈原创造的。“楚辞”的名称，最早见于西汉前期，西汉末年著名经学家、目录学家、文学家刘向把屈原及宋玉等人的作品编辑成集，书名为《楚辞》。宋代黄伯思在《校定楚辞序》中说：“盖屈宋诸骚，皆书楚语，作楚声，记楚地，名楚物，故可谓之‘楚辞’。”这类作品运用楚地的文学样式、方言声韵，叙写楚地的山川人物、历史风情，具有浓厚的地方特色。《楚辞》是继《诗经》后，对我国文学具有深远影响的一部诗歌总集。

《诗经》是中国最早的一部诗歌总集，收入西周初年至春秋中叶约五百多年的诗歌，是中国北方文学的诗歌集成。它采用赋、比、兴的表现方式，是现实主义的诗歌总集。相较于注重社会写实的北方诗歌，楚辞受南方民族性的影响，表达方式热情而浪漫，内容充满宗教色彩，借由对神话和传说的描写，来表达丰富的思想情感，更能呈现精彩细腻的艺术技巧，诸如比喻、象征、托物起兴等表达手法，在此得到更大的发展与运用。因此，《楚辞》是我国第一部浪漫主义诗歌总集。同时，由于楚国音乐与地方口音皆不同于北方，其作品自然呈现出与北方截然不同的文学风貌。因此，《楚辞》在中国诗歌史上占有特殊而又重要的地位。它的出现，打破了《诗经》之后两三个世纪的沉寂，在诗坛上大放异彩。

楚辞，特指楚国的诗歌，以屈原和宋玉的作品最受注目。他们的作品，以及其他人效仿他们体例的作品统被称为“楚辞体”或“骚体”。“骚”是因为屈原的作品《离骚》而得名，以前所说的“风”是因为《诗经》里有十五《国风》而得名，所以后人以“风骚”代指诗歌，以“骚人”或“骚客”称呼诗人。

楚辞，本义是指产于楚地的歌辞，后来逐渐固定为两种含义：一是指这种诗歌的体裁，二是指一部诗歌总集的名称。楚辞的创作手法是浪漫主义的，它感情奔放，想象奇特，具有浓郁的南方楚国的地方特色和神话色彩。与《诗经》古朴的四言体诗相比，楚辞的句式较活泼，句中有时使用楚国方言，在节奏和韵律上独具特色，更适合表现丰富复杂的思想感情。从诗歌体裁来说，它是战国后期以屈原为代表的诗人，在楚国民歌基础上开创的一种新诗体。从总集名称来说，它是西汉刘向在前人基础上辑录的一部楚辞体的诗歌总集，收入战国时期楚人屈原、宋玉的作品以及汉代贾谊、淮南小山、严忌、东方朔、王褒、刘向诸人的仿骚作品。“楚辞”成了这类诗歌的专称。

《楚辞》的主要作者是屈原。他创作了大量的不朽作品，其中最著名的有《离骚》《九歌》《九章》《天问》等。在屈原的影响下，楚国又产生了宋玉、唐勒、景差等楚辞作者。可惜的是，现存的《楚辞》总集中，主要是屈原及宋玉的作品，唐勒、景差的作品大都未能流传下来。

二、关于楚国的历史

长江流域同黄河流域一样，很早就孕育着古老的文化，同样是中华文明的摇篮，同古老的巴文化、三星堆文化等一样，楚文化也是中华文明史诗中极其灿烂的一章。

楚，本义是指一种落叶灌木，亦称“牡荆”，枝干坚劲，可以做杖，后来成了国名，所以楚国又称荆、荆楚，是中国春秋、战国时代的一个诸侯国。楚国祖先族姓芈（mǐ）熊氏，最早兴起于古丹淅之地（今河南淅川县东南部）。楚的先祖出自帝颛顼高阳氏。黄帝之孙吴回，是帝喾（kù）高辛氏的火正，主管天火与地火，被任命曰祝融（祝，大也；融，明也），很有作为，死后被尊为祝融神，成为火神，也叫"朱天菩萨"。吴回之子陆终生有六子，幼子曰季连，是楚之先祖。季连之后曰鬻（yù）熊，是周文王的老师，其曾孙熊绎是以王父字为氏，成熊姓，被周成王封为楚子（意为楚地的子爵），建立了楚国，建都于丹阳（今河南淅川县）。

楚国在建国以后相当长的时期里，一直过着艰苦奋斗的日子，熊绎至熊仪（若敖）、熊眴（蚡冒）等十余代君王带领臣民跋涉山林，开辟疆土，甘苦与共，《左传》说是"筚路蓝缕，以启山林"（驾着简陋的车，穿着破烂的衣服去开辟山林，形容创业的艰苦）。经过一代又一代的艰苦奋斗，楚国逐渐强盛。面对楚国的崛起，周边各国，尤其是北方周朝深以为患，派军队一次又一次的南侵。楚国君王具有强烈的忧患意识，振军经武，保持警惕，特别注重以先王艰苦创业的事迹对臣民进行教育，以此凝聚人心，鼓舞士气，寻求内部稳定和对外发展。公元前740年（东周平王三十一年），楚国君主熊通自立为楚武王，一时掀起轩然大波。之后武王之子文王建都于郢（今湖北荆州西北纪南城），并"结旧好于诸侯"，迫使周釐王"赐胙（zùo）"，以寻求周天子的正式承认。"赐胙"是指天子在祭祀宗庙后，把祭肉分给群臣，这是正式诸侯国才有的待遇。周天子怀着对楚国的畏怯之情，不得不赐胙给楚王，承认楚国为南方首领的地位，同时要求楚国"镇尔南方夷越之乱，无侵中国"。这在楚国历史上具有划时代的意义，也是春秋初期的一件大事，它宣告了一个南方大国的崛起。

之后楚国的国势更加强大,江汉一带的小国都畏惧楚国。到文王之子楚成王即位时,已经是“楚地千里”了。

楚人兴起以后,虽然成为这一地域文化的代表,但一直为北方民族所轻视,被称之为“蛮荆”。在殷商时期,楚人已经同北方政权发生关系,至西周初,据说鬻熊曾“子事文王”,后来熊绎又被成王封于楚,这应该理解为周王朝对楚人实际控制江汉地区的承认。至春秋时代,楚国迅速发展壮大,兼并了长江中游许多大小邦国,成为足以与整个中原抗衡的力量。楚庄王为春秋五霸之一,一度有北取中原之志,“问鼎中原”的故事就说明了楚国之强。公元前 606 年,楚庄王熊旅借讨伐陆浑(今河南嵩县东北)之戎的机会,把楚国大军开至东周的首府洛阳南郊,举行盛大的阅兵仪式,即位不久的周定王只得派善于应对的大夫王孙满前去慰劳。见面后楚庄王问王孙满道:“周天子的鼎有多大?有多重?”鼎是我国青铜文化的代表,是古代国家和权力的象征,被视为立国重器,也是传国重器,为得天下者所有。传说是夏禹铸造九鼎,代表九州:豫州、翼州、兖州、青州、徐州、扬州、荆州、雍州、幽州。王孙满明白了,楚庄王是要与周天子比权量力啊,便委婉地说:“一个国家的兴亡在德义的有无,不在乎鼎的大小轻重。”庄王说:“你不要自恃有九鼎,楚国折下戟钩的锋刃,就足以铸成九鼎。”善辩的王孙满说:“当初夏禹是因为有德,天下诸侯都拥戴他,各地才贡献铜材,铸成九鼎以象万物。后来夏桀昏乱，亡国了，鼎就转移给了商；商纣暴虐而又荒淫无道，商也亡了，鼎又转移给了周。如果天子有德，鼎虽小却重得难以转移；如果天子无德，鼎虽大却是轻而易动。周朝的国运未完，天命未改，鼎的轻重还不能过问的啊。”楚庄王无话可说，于是不再强求。然后挥师伐郑，以问郑背叛楚国投靠晋国之罪。“问鼎中原”这个典故就是这样得来的。可惜到秦始皇灭六国，统一天下时，九鼎已不知下落。有人说九鼎沉没在泗水（今山东济宁市所辖县）彭城，秦始皇出巡泗水彭城地方时，曾派人潜水打捞，结果徒劳无功。

附录一　虢季子白盘

在传世青铜器铭品当中，有一件堪称西周青铜器的魁首，这就是著名的虢季子白盘。这件青铜器造型奇伟，酷似一个大浴缸，它长近四尺，重四百余斤，盘口呈圆角长方形，四面各有两个兽首，口中衔环。盘内底部有八行铭文，共111个字。这是虢国国君季子白（姓姬，名白，谥号宣公）为纪念他受周天子之命，在西周宣王十二年（前815年）率军战胜犬戎玁狁先（xiānyǔn）立下奇功，受到周王的褒奖而做的重器。盘底铭文对这段史实作了详细的记载。这是一件鸿器重宝，现珍藏在中国国家博物馆。安徽省博物院有其复制品。

虢季子白盘的面世和命运充满着机巧。虢盘在清朝道光年间出土于陕西宝鸡，当时徐燮任眉县县令，这个人十分爱好古玩，由于眉县在宝鸡附近，于是近水楼台先得月，得到了虢盘。徐燮卸任后将虢盘带回了家乡常州。至太平天国时期，虢盘几经易手，成了护王陈坤书的珍藏。后来护王镇守常州，清同治三年(1864 年)，时任直隶提督的淮军将领刘铭传随李鸿章镇压太平军，率军拿下常州，住进了护王府。一天午夜，刘铭传在灯下读书，万籁俱寂中传来悦耳的金属叩击之声。刘秉烛往寻，转到屋后马厩，才知声音是马笼头上的铁环碰击马槽所发出的声响。刘铭传见此马槽硕大，槽壁在烛光中发着深沉的幽光，伸手一试，重不可举，轻轻一敲，声音清远玄妙。刘铭传心中有数，觉得这个马槽绝非寻常之物。次日一早，他命马夫将马槽刷洗干净，见其外壁四边各饰两个兽首衔环，外壁满布纹饰，内底具长铭，通篇工整严谨。刘铭传知道是件宝物，旋即命人押运送回合肥老家的刘老圩。后来，他在刘老圩园中为虢盘专门建一个亭子，取名“盘亭”。

虢盘到刘府后，消息传了出去，人们争相欲往观赏。可刘铭传惜盘如命，不肯轻易示人，据说连光绪皇帝的老师翁同龢也未能一饱眼福。刘铭传赴台湾任巡抚期间，虢盘未随往，仍安驻合肥老宅。刘铭传死后，时局动荡不已，他的后人在这以后的几十年间，为保护虢季子白盘展开了艰苦卓绝的抗争。其间最具威胁的先是刘镇华，其人在1933年至1936年间任国民党安徽省主席，他对虢盘觊觎已久，多次派人以种种理由到刘府搜劫，刘氏后人饱受了皮肉之苦，但还是保住了虢盘。接着，日军入侵合肥，刘家后人将虢盘深埋入土丈余，上面种草植树，而后举家外迁，以避战乱。日寇多次搜掠也没找到。光复以后，李品仙任安徽省政府主席，再次以武力相威胁，逼刘氏后人交出虢盘。刘家无奈，只好再次出逃避难。李品仙的亲信、合肥县长隆武功为讨好上司，亲自带人到刘家老宅，将几十间房的地板全部撬开并挖地三尺以寻虢盘，终亦未果。刘铭传的后人在近五十年间为保护虢盘付出了巨大的代价，就在他们近乎绝望之时，合肥解放了。刘铭传的第四世传人刘肃曾先生带领家人挖开了历经十四年的封土，令虢盘重见天日，并毅然将它捐献给了国家。

以上插叙的这段故事，借虢季子白盘的宝贵，来说明九鼎的更加珍贵。下面再转叙到楚国的历史上来。

到了战国时期，楚国一路南征，先是灭掉了随国（今湖北随州市一带）及一些小国，进而吞灭吴越，南下南越，势力进一步强大。在战国诸雄中，楚国的版图最大，人口最多，疆土西起大巴山、巫山、武陵山，东至大海，南起南岭，北至淮河，幅员空前广阔，其辖地大致为现在的湖北、湖南、重庆、河南、广东、安徽、江苏、江西的广大地区。据《战国策·楚策一》记载："楚，天下之强国也。楚地西有黔中、巫郡，东有夏州、海阳，南有洞庭、苍梧，北有汾陉之塞、郇阳，地方五千里。"后来有"横则秦帝，纵则楚王"的说法，当时秦、楚二国，最具统一全国的可能。

楚国的这种蓬勃发展的势头，从西周初年算起，持续了大约700年之久，楚威王后期，楚国成为七雄中唯一能与秦国抗衡的大国。可惜到了战国后期楚怀王熊槐当政时，由于他用人不当及重大决策失误，楚国由盛转衰。楚怀王任用佞臣令尹子兰、上官大夫靳尚，宠爱南后郑袖，排斥左徒大夫屈原，为人利令智昏，致使国事日非。楚怀王原先听从令尹昭雎的建议，与齐和好，令秦国非常不安。公元前313年，秦相张仪欺骗怀王，说只要楚国断绝与齐国之交，就可以取得秦国割让六百里商于之地。怀王中计，背离齐国与秦国和好。可是楚国与齐国断交后只得到秦国的六里地，怀王恼怒不已，发兵进攻秦国，却被秦将魏章大破于丹阳。怀王再次率领全国的部队进攻秦国，再次惨败于蓝田。公元前311年，秦国出兵攻打楚国，攻取召陵。三战皆败，楚国开始走向没落。楚怀王二十三年（前306年），楚国乘越国内乱的时候，联合齐国进攻越国，占领越国位于原吴国故地的国都，杀死越王无疆，侵占浙江的全部土地，设江东为郡。此战虽灭了越国,但也耗尽了楚国的国力。公元前 299 年,秦国攻占了楚国八座城池,秦昭王约楚怀王在武关会面。怀王不听昭睢、屈原的劝告,决定前往武关,结果被秦国扣留。秦王胁迫怀王割地,怀王不肯。在楚怀王被扣留期间,楚人立太子熊横为王,是为楚顷襄王。公元前 297 年,楚怀王逃走,秦人封锁通往楚地的道路,怀王逃到赵国,赵不敢收留,他又企图逃往魏国,但被秦国追兵捉回。公元前 296 年,怀王在秦国病逝。

楚顷襄王十九年(前 279 年),秦国起兵攻打楚国,楚军败,只好割上庸、汉水以北之地给秦以讲和。顷襄王二十年(前 278 年),秦国著名将领白起攻占楚鄢(今湖北宜城县东南)、西陵(今湖北宜昌市西北)。顷襄王二十一年(前 277 年),白起攻占楚国都郢,焚烧了楚王的坟墓夷陵(今湖北宜昌市西南)。楚军退到陈(今河南淮阳县),将陈作为都城,仍称郢。楚顷襄王死后,楚考烈王熊完即位,以春申君黄歇为令尹,赐淮北地十二县,迁国都至寿春(今安徽寿县)。

公元前 246 年,秦王嬴政(即后来的秦始皇)即位,随即开始统一全国的进程,诸侯国纷纷割地事秦,但仍不能挽救被灭亡的命运。在攻灭韩、赵、魏后,秦军于公元前 224 年大举伐楚,这时的楚国已无反击之力。公元前 223 年,秦军席卷淮北淮南,攻陷寿郢,俘获楚王熊负刍(chú)。负刍的弟弟昌平君熊启被拥为楚王,兵败身死。绵延近 800 年的楚国灭亡了。

楚国虽然被秦国灭了，但楚、秦之间的斗争却没有结束。司马迁在《史记》里写道："夫秦灭六国，楚最无罪。自怀王入秦不反，楚人怜之至今，故楚南公曰'楚虽三户，亡秦必楚'也。"（楚南公，战国末楚阴阳学家，楚国贵族，著《南公》二十一篇。）历史也证实了楚南公这一说法。在反抗暴秦的队伍里，在大泽乡振臂一呼，天下响应的陈胜是楚人，他建立的政权被称为"张楚"；率江东子弟渡江，成为抗秦主力的项羽是楚人，他建立的政权人称"西楚"；总领群雄，收拾河山，建立空前统一的汉王朝的刘邦同样也是楚人。刘邦的谋臣武将中，除张良等少数人以外，也都是楚地英豪。巧合的是，亡秦的决定性战役是在三户水（今河北临漳县西）一带展开。公元前207年，项羽在巨鹿之战中破釜沉舟，一举击败20万秦军，秦军遭受重创。然后项羽派蒲将军率军日夜兼程渡三户津，断秦军归路，自率主力大败秦军。在项羽的沉重打击下，章邯进退无路，不得不于公元前208年7月在洹水南殷墟（今河南安阳市）率其部众20万投降项羽。经此一战，秦朝灭亡成为不可逆转之势。公元前206年楚将刘邦入关，子婴出城投降，楚军入住咸阳，秦朝灭亡。

附录二：安徽与楚国

战国时期，我们安徽属于楚国，安徽的寿县还做了楚国19年的国都。在历史上，楚国最早的都城是丹阳，时间最长的是湖北江陵的郢，称郢都。后迁都至河南淮阳（陈郢），最后迁都安徽寿春。寿春作为楚国的国都，是楚考烈王二十二年的时候从河南陈郢迁来的。因为楚国的第一个国都叫郢，所以他把寿春也命名为郢，称寿郢。跟随过来的人们不忘故都，怀念家乡，纷纷将自己居住的村庄，取国都郢的名称，诸如王大郢、李小郢、方郢等，今天的江淮之间，许多村庄都叫郢子，就是由此而来的。寿县是第一批被国务院命名的历史文化名城。在寿县境内，有数不清的名胜古迹，其中有一个著名的楚文化遗迹，是现为国家级重点文物保护单位的安丰塘。安丰塘因工程在古县安丰（今安徽寿县境内）附近而得名，又因由筑塘而引淠水流经白芍亭而称芍陂（quèbēi）。安丰塘是由春秋时楚令尹（相当于宰相）孙叔敖主持修建的大型水利工程，与都江堰、漳河渠、郑国渠并称为我国古代四大水利工程。安丰塘塘堤周长 25 公里，面积 34 平方公里，2500 多年来一直发挥着灌溉和航运的巨大效益，至今仍在发挥作用，灌溉面积达 4.2 万公顷。安丰塘被称为“天下第一塘”，又被誉为“世界塘中之冠”。

附录三　关于黄浦江的故事

下面再介绍一下关于黄浦江开凿疏浚的故事。在很古的时代，上海地区是一片荒凉低洼的沼泽地，其中央有一条蜿蜒的浅河，雨水多了就泛滥成灾，雨水少了则干涸见底，两岸的人们深受其害，咒之为“断头河”。著名的战国四公子之一、楚国的春申君黄歇时任楚令尹，对这条河流进行疏浚治理，使之向北直接入长江口，一泻而入东海，从此大江两岸人民安居乐业。人们感激黄歇的恩德，便将这条江称作黄歇江、黄浦塘、黄浦港、黄浦、大黄浦等，别名黄龙浦、黄歇浦，又名春申江、春申浦。清代始称黄浦江。据说，上海简称“申”，即由此而来。

三、关于楚国的文化

楚民族在其近 800 年的发展过程中，创造了独具特色辉煌灿烂的文化，有其独特的迷人魅力。楚文化是中华文化弥足珍贵而又不可或缺的组成部分。楚文化在它的发展进程中，不断与中原文化进行交流，既提高了自身的品质，也推动了中原文化的进步。在战国七雄的争霸中，楚最后虽然为秦所灭，但楚地的反秦起义，又成为推翻秦王朝的主要力量。汉王朝的建立，从某种意义上说，可以认为是楚人的胜利。秦、汉大一统，最终完成了南北文化的融会，也由此形成了伟大的“汉族”。

楚民族是个善于学习的民族，春秋战国时代，北方的主要文化典籍，如《诗》《书》《礼》《乐》等，也都是楚国贵族诵习的文本。

《左传》里有多处记载楚人赋诵或引用《诗经》的例子。但另一方面，楚文化始终保持着自身独有的特征，与中原文化有显著的区别。《左传·成公九年》里说了一件事：晋景公视察军队仓库时，见到了楚国囚犯钟仪，景公命令手下的人给他松绑，并给他一张琴，命他演奏，他弹奏的都是南方楚调。景公和钟仪说了不少话。后来景公把见钟仪的事跟晋国大将范文子说了，范文子对景公说："这个楚国俘虏是了不起的君子。他不说自己的姓名而说他父亲的，是不忘本；弹琴只弹楚国的音乐，是不忘旧；问他君王的情况，只说楚王小时候的事，是无私；说父亲是楚臣，是表示对楚王的尊重。不忘本是仁，不忘旧是信，无私是忠，尊君是敬。他有这四德，给他大任务，他必定能办好。"于是晋景公以外国使臣的礼遇对待他，让他回楚国替晋国和谈，晋楚第一次结成和平之盟。钟仪此后被称为"四德公"。

但是，在春秋时代，中原国家长期把楚人看作野蛮的异族，对其十分鄙视。《诗经·小雅·采芑（qǐ）》记叙周宣王南征楚国之事，说："蠢尔蛮荆，大邦为雠。"并把"蛮荆"与北方的玁狁并列。《诗经·鲁颂·閟宫》里说"戎狄是膺，荆舒是惩"，把楚人与北方戎狄并列，同作为应予严惩和打击的对象。人们认为楚文化比中原文化落后，一是因为楚文化的兴起较迟；二是因为它当时的国家制度还不够成熟，尤其是用于维护统治秩序、等级关系的政治与伦理思想还不及北方文化完备；再者，原始宗教的巫教盛行。但是从全面来看,楚文化并不落后,甚至有许多地方远远超过中原文化。理解这一点,对于理解楚辞十分重要。首先,南方的地理条件与北方相比具有一定的优越性,因此经济发展条件也就具有了优越性。《汉书·地理志下》里说,南方的楚地"有江汉川泽山林之饶;江南地广,或火耕水耨(nòu,锄草或锄草农具),民食鱼稻,以渔猎山伐为业,果蓏蠃蛤(guǒluǒluógé,木实曰果,草实曰蓏;蠃,俗字作螺),食物常足"。由于谋生较为容易,就可能有较多的人力脱离单纯维持生存的活动,以投入更高级更复杂的物质生产。在春秋以后,楚国的财力和物力,已经明显超过北方国家。据历史记载,楚是春秋战国时拥有黄金很多的国家。从近年地下考古发掘来看,战国时代楚国的青铜器,代表了先秦青铜器冶铸的最高水平。至于楚地漆器、丝织品等物器之精美,是北方根本无法比拟的。由于具有雄厚的物质基础,春秋时期的楚国音乐已很发达。到战国时期,楚国艺术更是取得了光辉的成就,主要表现在音乐、舞蹈、绘画与雕刻等方面。楚国乐器种类齐全,有钟、磬、鼓、瑟、竽、排箫等,闻名中外的随州擂鼓墩一号墓出土的一套曾侯乙编钟,共65件,其中64件至今仍可演奏。楚国是南方各民族融合的中心,楚国音乐亦表现出了各民族融合的特点。舞蹈是和音乐相伴而来的,自商周以来,一种宗教舞蹈——巫舞在楚国一直长盛不衰。屈原的《招魂》中就描绘了楚国宫廷内极其奢华的享乐景象。其次,丰富的物质条件,再加上较少压抑而活跃的生活情感,造成了楚国文化明显超过中原文化的现象。在中原文化艺术中,包括音乐、舞蹈、歌曲,主要被理解为“礼”的组成部分,被当作调节群体生活、实现一定伦理目的的手段。因而,中庸平和被视为艺术的极致。而楚国的艺术,无论娱神还是娱人,仍然都是在注重审美愉悦的方向上发展,充分展示出人们情感的活跃性。楚地的各种器物和丝织品,不仅制作精细,而且往往绘有艳丽华美、奇幻飞动的图案。音乐舞蹈都显示出热烈动荡、诡谲奇丽的气氛。在这种情况下诞生的楚辞,既是楚文化土壤上开出的奇葩,又代表了楚文化的辉煌成就。楚文化尤其是楚国艺术的一般特点,如较强的个体意识、激烈动荡的情感、奇幻而华丽的表现形式等,也都呈现于楚辞中。

楚辞表现形式的形成,从直接因素来说,同楚地的歌谣有密切的关系。楚国是一个音乐舞蹈十分发达的地方,我们能从史籍中看到众多楚地乐曲的名目,就是很好的证明,如《涉江》《采菱》《劳商》《九辩》《九歌》《薤(xiè)露》《阳春》《白雪》等。流传至今的歌辞中,较早的有《孟子》中记录的《孺子歌》,据说是孔子游楚时听当地小孩子唱的:

沧浪之水清兮,可以濯我缨;
沧浪之水浊兮,可以濯我足。

还有刘向《说苑》所载的《越人歌》，据说是楚人翻译的越国舟子的唱辞：

> 今夕何夕兮，搴舟中流。今日何日兮，得与王子同舟。蒙羞被好兮，不訾诟耻。心几烦而不绝兮，得知王子。山有木兮木有枝，心悦君兮君不知。

这种歌谣到秦汉时还十分流行，如刘邦的《大风歌》，项羽的《垓下歌》，都有楚歌的遗韵。它们的体式与中原歌谣不同，不是整齐的四言体，而是每句可长可短，在句尾或句中多用语气词"兮"字。这些都是楚辞的显著特征。

值得注意的是，楚辞虽然脱胎于楚地歌谣，却已经发生了重大的变化。汉人之所以称楚辞为赋而不是歌，是因为楚辞一般都很长，不便于唱。比如屈原的作品，除了《九歌》外，《离骚》《招魂》《天问》，都是鸿篇巨制；《九章》较之《诗经》而言，也长得多。它们显然不适宜唱，不应当作歌曲来看待。但是，这种不歌而诵的赋，却又不是像一般散文那样的读法，而是要用一种特别的声调来诵读，这就是"吟"。所谓吟，是介乎于读和唱之间的一种形式，是以一种较为简单的调子来吟完整篇文章。当然，吟诵楚辞还应该用当时楚地的楚音。歌谣总是篇幅短小而又语言简朴,而楚辞因为摆脱了歌谣的形式,才能使用繁丽的文辞,容纳复杂的内涵,表现出丰富多彩的思想情感。现代人为了区别楚辞与汉赋,不主张称楚辞为赋,不能说汉人这样称呼有错,因为本来就是先有“屈赋”后有“汉赋”的。汉人称楚辞为赋,正是因为考虑到赋的铺张特征。现在也有人把辞和赋看成是一体的,比如有的教科书就把宋玉的《对楚王问》归为辞赋一栏。

楚地盛行的巫教渗透了楚辞,使之具有浓厚的神话色彩。据史书记载,当中原文化巫教色彩早已明显消退时,在南楚,直至战国,君臣上下仍然“信巫觋(xí,男巫师),重淫祠”。楚怀王曾“隆祭礼,事鬼神”,并且企图靠鬼神之助以退秦师。民间的巫风则更为盛行,《汉书》及《楚辞章句》等书,都说到楚人信巫而好祠,有“其祠必作歌乐,鼓舞以乐诸神”的风俗。可见在屈原的时代,楚人还沉浸在充满奇异想象和炽热情感的神话世界中。生活于这一文化氛围中的屈原,不仅创作出了祭神的组诗《九歌》和根据民间招魂词写的《招魂》,而且在表述自身情感时,也大量运用神话材料,驰骋想象,上天入地,飘游六合九州,给人以神秘的感受,甚至连《离骚》这篇代表作,都包括了民间巫术的内容,读来起别有一番享受。

除了楚文化本身的因素,其他一些因素对楚辞形式的发展也起了一定作用。如春秋以后,楚国贵族对《诗经》已经相当熟悉，这成为他们文化素养的一部分。屈原《九章》中的《橘颂》全用四言句，在隔句的句尾用“兮”字，可以视为《诗经》体式对《楚辞》体式的渗透。在战国时代，纵横家奔走游说，十分活跃，竞为美辞，因此，华丽铺张的文辞对楚辞形成了很大影响。

总的来说，楚辞是楚文化的产物，而同时楚辞也离不开屈原的伟大创造，可以说没有屈原，就没有楚辞。南北朝时中国著名文学理论家刘勰在《文心雕龙·辨骚》中说：“不有屈原，岂见《离骚》”，并用“骚经”这一罕见的称谓，给屈原骚体诗的文学价值和艺术成就予以高度评价，认为它“气往轹古，辞来切今”“笼罩《雅》《颂》”，继承并超越了经书。

楚辞对后世的影响是巨大的，不仅催生了随后的汉赋，而且两千多年来一直为人们所推崇和借鉴，像《红楼梦》里《芙蓉女儿诔》的后半部分，就是典型的骚体诗。不过现在已经很少有人写骚体一类的诗歌了，但由于爱好和欣赏及阅读古文的需要，我们学一点楚辞知识，读一点楚辞，还是很有意思的。

学习楚辞是一件十分有诗意的事，而最能代表楚辞水平的，自然是屈原的作品，尤其是他的《离骚》。可惜《离骚》篇幅太长，一些词句理解起来有难度，我们就选学屈原的两首较短的楚辞。

哀　郢

皇天之不纯命兮，何百姓之震愆？民离散

而相失兮，方仲春而东迁。

去故乡而就远兮，遵江夏以流亡。出国门而轸怀兮，甲之朝吾以行。发郢都而去闾兮，荒忽其焉极？楫齐扬以容与兮，哀见君而不再得。望长楸而太息兮，涕淫淫其若霰。过夏首而西浮兮，顾龙门而不见。心婵媛而伤怀兮，眇不知其所跖。顺风波以从流兮，焉洋洋而为客。凌阳侯之氾滥兮，忽翱翔之焉薄。心絓结而不解兮，思蹇产而不释。

将运舟而下浮兮，上洞庭而下江。去终古之所居兮，今逍遥而来东。羌灵魂之欲归兮，何须臾而忘反！背夏浦而西思兮，哀故都之日远。登大坟以远望兮，聊以舒吾忧心。哀州土之平乐兮，悲江介之遗风。

当陵阳之焉至兮，淼南渡之焉如！曾不知夏之为丘兮，孰两东门之可芜！心不怡之长久兮，忧与愁其相接。惟郢路之辽远兮，江与夏之不可涉。忽若不信兮，至今九年而不复。惨郁郁而不通兮，蹇侘傺而含戚。

外承欢之汋约兮，谌荏弱而难持。忠湛湛

而愿进兮,妒被离而鄣之。尧舜之抗行兮,了杳杳而薄天。众谗人之嫉妒兮,被以不慈之伪名。憎愠惀之修美兮,好夫人之慷慨。众踥蹀而日进兮,美超远而逾迈。

乱曰:曼余目以流观兮,冀一反之何时?鸟飞反故乡兮,狐死必首丘。信非吾罪而弃逐兮,何日夜而忘之!

译文:天道不专反复无常啊,为何使老百姓在动乱中遭殃?人民妻离子散、家破人亡啊,正当仲春二月迁往东方。

离别家乡到远处去啊,沿着长江、夏水到处流亡。走出都门我悲痛难舍啊,我们在甲日的早上开始上道。离开旧居,从郢都出发,前途渺茫,我惘然不知何往。桨儿齐摇船儿却徘徊不前啊,可怜我再也不能见到君王。望见故国高大的楸树,我不禁长叹啊,泪落纷纷像雪粒一样。经过夏水的发源处又向西浮行啊,回头看郢都东门却不能见其模样。心绪缠绵牵挂不舍而又无限忧伤啊,渺渺茫茫不知落脚在何方。顺着风波随着江流漂泊吧,于是乎漂流失所客居他乡。船儿行驶在滚滚的波浪之上啊,就像鸟儿飞翔却不知停泊在哪个地方。心中郁结苦闷而无法解脱啊,愁肠百结心情难以舒畅。

将行船向下顺流而去啊，过了洞庭湖又进入长江。离开自古以来的住所啊，如今漂泊来到东方。我的灵魂时时都想着归去啊，哪会片刻忘记返回故乡？背向夏水而思念郢都啊，故都日渐遥远真叫人悲伤！登大堤而举目远望啊，姑且以此来舒展一下我忧愁的衷肠。可叹楚地的土地宽平广博、人民富裕安乐啊，江汉盆地还保持着传统的楚国风尚。

面对着凌阳不知到何处去啊？大水茫茫不知道南渡到何方？连大厦荒废成丘墟都不曾想到啊，又怎么可以再度让郢都东门荒芜？心中久久不悦啊，忧愁还添惆怅。郢都的路途是那样遥远啊，长江和夏水有舟难航。时光飞逝的使人难以相信啊（另：神志恍惚地仿佛梦中不可信啊），不能回郢都至今已有九年时光。悲惨忧郁心情不得舒畅啊，怅然失意满怀悲伤。

群小顺承楚王的欢心表面上美好啊，实际上内心虚弱没有坚定的操守。有人忠心耿耿，愿被任用为国效力啊，却遭到众多嫉妒者的障蔽。唐尧、虞舜具有高尚的品德啊，高远无比可达九天云霄，而那些谗人们却要心怀妒忌啊，竟然在他们的头上加以“不慈”的污蔑之名。楚王讨厌那些不善言辞的忠贤之臣啊，却喜欢听那些小人表面上的激昂慷慨。小人奔走钻营而日益显进啊，贤臣却越来越被疏远。

尾声：放眼四下观望啊，希望什么时候能返回郢都一趟。鸟儿高飞终要返回旧巢啊，狐狸死时头一定向着狐穴所在的方向。

确实不是我的罪过我却遭放逐啊，日日夜夜我哪里能忘记它——我的故乡！

赏析：《哀郢》作于楚顷襄王二十一年（前278年）。这一年秦将白起攻破楚国的郢都，楚国的国都不得不东迁河南，而这时，屈原却被流放在外。九年前，屈原因主战，遭令尹子兰谗害，被放江南之野，这是屈原最后一次离开郢都。郢，是楚国的心脏，是楚国命运的象征，郢都的陷落，预示着楚国绝望的前途。屈原写《哀郢》，是对危亡前夕的祖国的无穷悼念，其中包含着对人民苦痛的深切同情及个人沉沦谴谪的无限伤感。在将与国都永别之时，屈原借九年前遭流放、被迫离开郢都时的情景和心情，抒发对祖国的无限热爱。第一层写郢都危亡之时自己被流放时情景。第二层写自己离开郢都后仍一直心系故都，想起郢都将毁于一旦，忍不住涕泗横流。第三层写继续东行时的凄怆心情。去之愈远，而思之愈切，一桨九回头，一步一伤神，读之催人泪下。第四层写此时的思想情绪。第五层揭示造成国家危难的根源在于群小误国。最后的落脚点，是诗人“鸟飞反故乡兮，狐死必首丘”的爱国情怀。语重意深，极为感人。

橘　颂

后皇嘉树，橘徕服兮。受命不迁，生南国兮。

深固难徙，更壹志兮。绿叶素荣，纷其可喜兮。

曾枝剡棘，圆果抟兮。青黄杂糅，文章烂兮。精色内白，类任道兮。纷缊宜修，姱而不丑兮。嗟尔幼志，有以异兮。独立不迁，岂不可喜兮？深固难徙，廓其无求兮。苏世独立，横而不流兮。闭心自慎，不终失过兮。秉德无私，参天地兮。愿岁并谢，与长友兮。淑离不淫，梗其有理兮。年岁虽少，可师长兮。行比伯夷，置以为像兮。

译文：橘啊，你这天地间的佳树，生下来就适应当地的水土。你的品质坚贞不变，生长在江南的国度啊。根深难以迁移，那是由于你专一的意志啊。绿叶衬着白花，繁茂得让人欢喜啊。枝儿层层，刺儿锋利，圆满的果实啊。青中闪黄，黄里带青，色彩多么绚丽啊。外观精美内心洁净，类似有道德的君子啊。长得繁茂又美观，婀娜多姿，毫无瑕疵。啊，你幼年的志向，就与众不同。特立独行，永不改变，怎不使人敬重啊。坚定不移的品质造就了你心胸开阔，无所私求啊。你远离世俗，独来独往，敢于横渡而不随波逐流啊。小心谨慎，从不轻率，自始至终不犯过失啊。遵守道德，毫无私心，真可与天地相比啊。愿在万物凋零的季节，我与你结成知己啊。（你）内善外美而不放荡，多么正直而富有文理啊，你的年纪虽然不大，却可做人们的良师啊。（你）品行好比古代的伯夷，种在这里作为我为人的榜样啊。

赏析：《橘颂》是屈原早年的一篇作品。这是中国文人写的第一首咏物诗，诗人以橘树为喻，表达了自己追求美好品质和理想的坚定意志。

南国多橘，楚地更是橘树的故乡。橘树的习性奇特：只有生长于南土，才能结出甘美的果实，倘要将它迁徙北地，就只能得到又苦又涩的枳实。在深深热爱着故国乡土的屈原看来，这种“受命不迁，生南国兮”的秉性，正可与自己矢志不渝的爱国情志相通。所以在他遭谗被疏、赋闲郢都期间，就以南国的橘树作为砥砺志节的榜样，深情地写下了这首咏物名作。

《橘颂》可分两节，第一节写橘树俊逸动人的外美。但橘树之美好，不仅在于外在形态，更在于它的内在精神，于是第二节转入对它内在精神的热情讴歌。曾任徽州府通判的清朝人林云铭说得非常精到，他说：“看来两段中句句是颂橘，句句不是颂橘，但见原与橘分不得是一是二，彼此互映，有镜花水月之妙。”从此以后，南国之橘便被赋予了志士仁人“独立不迁”、热爱祖国的丰富文化内涵，后常常为人们所歌咏和效法。这一独特的贡献，无疑仅属于屈原，所以宋朝刘辰翁称屈原为千古“咏物之祖”。

下面再介绍一首宋玉的辞。

宋玉，又名子渊，相传是屈原的学生，事楚顷襄王。好辞赋，是楚国的另一位辞赋大家，与唐勒、景差齐名。相传所作辞赋甚多，《汉书·艺文志》录有其赋16篇，今多亡逸。

对楚王问

楚襄王问于宋玉曰："先生其有遗行与？何士民众庶不誉之甚也？"

宋玉对曰："唯，然。有之！愿大王宽其罪，使得毕其辞。客有歌于郢中者，其始曰《下里》《巴人》，国中属而和者数千人。其为《阳阿》《薤露》，国中属而和者数百人。其为《阳春》《白雪》，国中有属而和者，不过数十人。引商刻羽，杂以流徵，国中属而和者，不过数人而已。是其曲弥高，其和弥寡。故鸟有凤而鱼有鲲。凤皇上击九千里，绝云霓、负苍天，翱翔乎杳冥之上。夫藩篱之鷃，岂能与之料天地之高哉？鲲鱼朝发昆仑之墟，暴鬐于碣石，暮宿于孟诸。夫尺泽之鲵，岂能与之量江海之大哉？故非独鸟有凤而鱼有鲲，士亦有之。夫圣人瑰意琦行，超然独处，夫世俗之民，又安知臣之所为哉？"

赏析:宋玉的群众关系不好。同僚中伤他,非议他,就连士民众庶都不大说他的好话。面对楚襄王的责问,宋玉不得不为自己辩护,然而整篇应对之辞,却又没有一句直接为自己申辩,而是引譬设喻,借喻晓理。分别以音乐、动物、圣人为喻作比:先以曲与和作比,说明曲高和寡;继以凤与鷃、鲲与鲵相提并论,对世俗的人再表轻蔑;最后以圣人与世俗之民对比,说明事理。他总是把雅与俗对立起来,标榜自己的绝凡超俗,卓尔不群,既是对诽谤者的有力回击,也表现了自己孤傲清高的情怀。

古代文人常常在失意潦倒时,仍然自命不凡,自命清高,怀着不被人理解的痛苦和愤慨而孤芳自赏。宋玉之作,可谓是这方面的绝美之文。

四、伟大的爱国诗人屈原

屈平(前340年—前278年),芈(mǐ)姓屈氏,名平,字原,通常称屈原,他又自云名正则,号灵均。屈原是战国末期楚国丹阳人,楚武王熊通之子屈瑕的后代,虽尽忠事楚怀王,却屡遭排挤,怀王死后又因楚顷襄王听信谗言而被流放,最终于公元前278年五月初五投汨罗江而死。屈原是伟大的爱国主义者和爱国诗人,也是中国最伟大的浪漫主义诗人。他是中国文学史上第一位留下姓名的著名诗人。他因为创立了“楚辞”这种文体,被世人称为“诗歌之父”。他的出现,标志着中国诗歌进入了一个由集体歌唱到个人独唱的新时代。他是举世公认的世界文化名人。

屈原于公元前 340 年诞生在秭归三闾乡乐平里(今湖北宜昌市秭归县)。他自幼勤奋好学,学识渊博。他胸怀大志,早年受楚怀王信任,任左徒、三闾大夫,常与怀王商议国事,参与法律的制定。他主张彰明法度,举贤任能,改革政治,提倡“美政”。屈原为实现振兴楚国的大业,对内积极辅佐楚怀王变法图强,对外主张联齐抗秦,使楚国一度出现了国富兵强、威震诸侯的局面。那时西方的秦国最为强大,时常攻击六国。名士苏秦提出合纵的方略,意在联合六国共同抗秦。屈原积极参与此事,与苏秦一起促成楚、齐、燕、赵、韩、魏六国君王齐集楚国的郢都,结成了联盟,并使怀王成了联盟的领袖,因此得到了怀王的重用,很多内政、外交大事,都由屈原做主。在屈原的努力下,楚国不但国力增强,而且在六国中有很高的地位。

但由于屈原为人耿直,不愿与奸佞小人同流合污,因此在内政外交上与楚国腐朽贵族集团发生了尖锐的矛盾,其中包括上官大夫靳尚、令尹子兰、楚怀王的宠妃郑袖等人。在六国中,楚国和齐国最为强大,因而秦国竭力破坏齐楚间的良好关系。怀王十五年(前 314 年),张仪重金收买靳尚、子南、郑袖等人,以“献商于之地六百里”给楚国,诱骗怀王与齐国断交。楚怀王中计了。受骗后的楚怀王恼羞成怒，两度向秦出兵，均遭惨败，于是屈原奉命出使齐国重修齐楚旧好。由于受了秦国的贿赂，靳尚等人不但阻止怀王接受屈原的意见，而且设法使怀王疏远屈原。据《史记》记载，上官大夫靳尚趁屈原为怀王拟订宪令之时，在怀王面前诬陷屈原，怀王于是“怒而疏屈平”。公元前308年秦昭襄王即位。昭襄王的母亲是楚国芈姓王族的后裔，昭襄王继位后被尊为宣太后，在她的努力下，秦、楚两国关系出现和解的迹象。楚怀王二十四年（前305年），两国互为婚姻，秦迎妇于楚，楚迎妇于秦，结为昆弟之国。次年，楚怀王与秦昭襄王在楚国黄棘（今河南新野县东北）会晤，签订了“黄棘之盟”，接受了秦国退还的上庸之地（今湖北竹山县）。当时屈原竭力反对，但改变不了结盟的结果，楚国彻底投入了秦国的怀抱。屈原因强烈反对楚国与秦国结盟，被楚怀王逐出郢都，开始了流放生涯。这是他的第一次流放，流放地是汉北地区（今安康一带及汉水上游）。流放期间，屈原写下了许多不朽的楚辞名篇，司马迁在《史记》中说：“屈原放逐，乃赋《离骚》。”

楚怀王二十六年（前303年），齐、韩、魏三国以楚国背弃列国与秦国和亲结盟为由，联合攻楚，声讨楚违背纵约。楚向秦求救，还把太子送到秦国去做人质，于是三国退兵。第二年，楚太子杀了秦大夫逃回楚国。楚怀王二十八年（前301年），秦国以此为借口，联合齐、韩、魏攻楚，杀楚将唐昧，占领了重丘（今河南泌阳县)。第二年又攻楚,消灭楚军2万人,杀楚将景缺。这时,昏庸的楚怀王才想起齐楚联盟的重要性,让太子到齐国做人质以求齐楚联盟反秦。前299年,秦又攻楚,取楚八城。在这种形势下,秦昭王“邀请”怀王在武关(今陕西商县东)相会。屈原此时已从汉北流放地返回,和昭雎等一起力劝怀王不要赴会,说:“秦,虎狼之国,不可信,不如无行。”可怀王的幼子子兰怕失去秦王欢心,竭力怂恿怀王前去。结果怀王一入武关就被秦军扣留,并劫往咸阳,胁迫他割让巫郡和黔中郡。楚怀王被扣后,楚从齐国迎回太子横立为顷襄王,公子子兰为令尹。顷襄王三年(前296年),怀王死于秦国,秦国将他的尸体送回楚国安葬。秦国如此不义,楚秦邦交一度断绝。

但楚顷襄王在接位后的第七年,竟然与秦结为婚姻,以求暂时苟安。屈原反对他们的可耻立场,并指斥子兰对怀王的屈辱之死负有责任,子兰便指使上官大夫在顷襄王面前造谣诋毁屈原,导致屈原再次被流放,这是屈原第二次被流放。这次流放地很远,是南方的荒僻地区,路线是从郢都(湖北江陵县)出发,先往东南顺江而下经过夏首(湖北沙市东南),再经由洞庭湖入长江,然后离开夏浦(湖北汉口市),最后到陵阳(有说是今安徽青阳县南,不可信)。《哀郢》这首辞,就是在这次流放中写的。

约在顷襄王十三年前后,由于楚国不肯向秦割让土地,秦又发兵攻楚,大败楚军,斩首楚军兵士5万,取十六城。公元前278

年，秦国大将白起带兵南下，攻破了楚国的国都郢。屈原的政治理想破灭了，对前途感到绝望，虽有报国之心，却无回天之力，只得以死明志，就在同年五月初五怀恨投汨（mì）罗江自杀。

屈原被放逐后，曾和一个渔父有过一次对话，渔父劝他“与世推移”，不要“深思高举”，自找苦吃。意思是处世不必过于清高，世道清廉，可以出来为官；世道浑浊，可以与世沉浮，现在落得个被放逐的下场，何苦呢？屈原则表示宁可投江而死，也不能使清白之身，蒙受世俗之尘埃。屈原的话，表现了他崇高的处世哲学。屈原眼看自己的国家已经无望，也曾考虑过出走他国，但最终还是爱恋故土，于悲愤交加之中，自沉于汨罗江，殉了自己的理想。他的投江一事，可见于他的《渔父》一辞。

屈原虽遭谗被疏，甚至流放，但他始终以祖国的兴亡、人民的疾苦为念，希望楚王幡然悔悟，奋发图强，做个中兴之主。他明知忠贞耿直会招致祸患，但却始终“忍而不能舍也”；他明知自己面临着许许多多的危险，在楚材晋用的时代完全可以去别国寻求出路，但他却始终不肯离开楚国半步，表现了他对祖国的无限忠诚及其闪光的人格与意志。屈原不愧是华夏民族爱国主义的代表和象征。作为一位忠贞的爱国志士，屈原爱祖国爱人民、坚持真理、宁死不屈的精神和他的人格，千百年来感召和哺育着无数中华儿女，尤其是当国家民族处于危难之际，这种精神的感召作用就更加明显。

屈原是中国文学史上第一位伟大的爱国诗人，也是浪漫主义诗人的杰出代表。作为一个伟大的诗人，屈原的出现，不仅标志着中国诗歌进入了一个由集体歌唱到个人独创的新时代，而且他所开创的新诗体——楚辞，突破了《诗经》的表现形式，极大地丰富了诗歌的表现力，为中国古代的诗歌开辟了一片新天地。后人因此将《诗经》与《楚辞》并称为“风”“骚”，并将其视为中国诗歌史上现实主义和浪漫主义两大优良传统的源头。同时，以屈原为代表的楚辞还影响了汉赋的形成。西汉淮南王刘安十分喜爱屈原的辞，他是对《离骚》作高度评价的第一位文学理论家，他说《离骚》兼有《国风》和《小雅》之长，体现屈原“浮游尘埃之外”的人格风范，可“与日月争光”。其后，司马迁在《史记》中为屈原作传，不仅照录了刘安的警句，还进一步把《离骚》和孔子删定的《春秋》相提并论。他称《离骚》“其文约，其辞微，其志洁，其行廉……”，是屈原人格的完满写照。后汉王逸盛赞屈原“膺忠贞之质，体清洁之性，直如石砥，颜如丹青；进不隐其谋，退不顾其命，此诚绝世之行，俊彦之英也”。梁代刘勰在他的《文心雕龙》里概括王逸的观点，写了《辨骚》一章，除了证明屈原作品有异于《风》《雅》的四点以外，也有同乎经典的四事。此外，屈原在作品中还用了一系列比兴手法来表情达意，如以鲜花、香草来比喻品行高洁的君子，以臭物、萧艾来比喻奸佞变节的小人，以佩戴香草来象征人的品德修养等。这种“香草美人”的比兴手法，使现实中的忠奸、美丑、善恶形成鲜明对照，产生了言简意赅、言有尽而意无穷的艺术效果，开创了良好的比兴传统。魏征撰《隋书·经籍志》说屈原之作“气质高丽，雅致清远，后之文人，咸不能逮”。我国哲学史上有深远影响的思想家朱熹也对《诗经》和《楚辞》的研究有着重要贡献，他为《楚辞》作的《集注》说：“夫屈原之忠，忠而过者也。屈原之过，过于忠者也。”

屈原是诗歌奇才，他的语言瑰丽绚烂，且时时闪耀着思想的光辉，流传的经典名句至今仍为我们津津乐道。下面摘录几句给大家欣赏：

路漫漫其修远兮，吾将上下而求索。
汩余若将不及兮，恐年岁之不吾与。
长叹息以掩涕兮，哀民生之多艰！
亦余心之所善兮，虽九死其犹未悔。
悲莫悲兮生别离，乐莫乐兮新相知。
吾不能变心以从俗兮，故将愁苦而终穷。
与天地兮同寿，与日月兮齐光。
举世皆浊我独清，众人皆醉我独醒。

屈原的伟大精神和人格魅力是中华民族的楷模，人们永远怀念他，为了纪念屈原，我国人民把他投江殉国的日子——农历五月初五定为端午节，每年都举行隆重的纪念活动。这个风俗还传到了朝鲜、日本、缅甸、越南、马来西亚、印尼等国家，并成为这些国家的节日，端午纪念屈原现已被列入世界非物质文化遗产名录。在我国，端午节和春节、中秋节并列为最重要的三大节日。第二次世界大战以后，17 个国家的 75 名著名人士联合发起"世界保卫和平大会"，1953 年，在莫斯科举行世界保卫和平大会的世界和平理事会决定将屈原列为"世界四大文化名人之一"，号召全世界人民纪念他。

我国的端午节又称端阳节、午日节、五月节等，是纪念屈原的传统节日，人们在端午节里有吃粽子，赛龙舟，挂菖蒲、蒿草、艾叶，薰苍术、白芷，喝雄黄酒的习俗。据南朝梁代吴均《续齐谐记》和南朝宗懔《荆楚岁时记》说，屈原投汨罗江后，当地百姓闻讯后马上划船捞救，一直行至洞庭湖，却始终不见屈原的尸体。那时，恰逢雨天，湖面上的小舟一起汇集在岸边的亭子旁。当更多的人得知是为了打捞贤臣屈大夫时，再次冒雨出动，争相划进茫茫的洞庭湖，最后仍无结果。为了寄托哀思，人们荡舟江河之上，此后逐渐发展成为龙舟竞赛。百姓们又怕江河里的鱼会吃掉他的身体，纷纷回家拿来米团投入江中，以免鱼虾糟蹋屈原的尸体，后来就有了吃粽子的习俗。唐代文秀《端午》诗写道：

节分端午自谁言，万古传闻为屈原。
堪笑楚江空渺渺，不能洗得直臣冤。

现在的湖南省汨罗市，每年都要举办大型龙舟赛，竞渡前必先去屈子祠朝庙，将龙头供在祠中祭拜，披红布于龙头上，再安龙头于船上竞渡，既拜龙神，又纪念屈原。而在屈原的家乡湖北秭归，也有祭拜屈原的仪式流传。祭奠屈原的习俗，《隋书·地理志》中有记载："其迅楫齐驰，棹歌乱响，喧振水陆，观者如云。"唐刘禹锡《竞渡曲》自注曰："竞渡始于武陵，及今举楫而相和之，其音咸呼云'何在'，斯沼屈之义。"可见在两湖地区，祭屈原与赛龙舟是紧密相关的。端午节的来历还有如迎接伍子胥及纪念孝女曹娥等其他几种说法，但最为人们接受的还是纪念屈原。

这里我还想说一件让人气愤的事。现在有些无聊的文人，总喜欢胡思乱想，说一些惊人的怪论，而不顾混淆是非的界限和黑白的本质区别，丧失了作为一个中国人的思想和道德底线。关于屈原的死，他们竟胡说是因男女之情。这些人推测说，屈原深深地爱恋着楚怀王的宠妃郑袖，因为种种限制，他们只能在荒郊野外秘密约会。屈原与郑袖的暧昧关系被怀王知道后，怀王便以政治名义放逐了屈原，使屈原无法与郑袖见面。十几年后，楚怀王驾崩，为防止屈原与郑袖旧情不止，楚国王室遵照楚怀王的遗命，派人对屈原进行捕杀。最终在汨罗江边抓住了屈原，将他刺杀后装进袋子,捆紧之后压上石块投入江心,演出了一幕残酷的历史悲剧。有百姓目击了这一谋杀过程,但在当时的暴政下他们不敢说出真相,于是借纪念另一个楚国英雄伍子胥的日子(五月初五),举行哀悼屈原的祭礼,用赛龙舟隐喻当时追杀屈原的激烈场面;用包粽子来隐喻屈原被投入江中的悲惨事实:粽叶象征装他的袋子,粽丝象征捆扎他的绳索,而把粽子投入水里,则象征屈原被投入江中淹死的真相。就这样,两千多年已被认定的历史,就被这帮混蛋戏说了,屈原的形象被玷污了。就像以前有人向鲁迅身上泼脏水,让秦桧的雕像站起来一样,都深深地伤害了中国人的感情。我们对于这种恶心的作为,感到无比的愤慨和厌恶。

附录四　屈原墓和屈原祠

湖北省宜昌市的秭归县是屈原的故乡,被称作“楚大夫屈原故里”,也是楚文化发源地之一。秭归与香溪之间有一沙滩,传说是屈原遗体安葬处,后取名为“屈原沱”,沱上建有屈原祠,又称清烈公祠。这里还有一个动人的传说,相传屈原自沉汨罗江后,一条金色神鱼先将其尸体吞下,游至香溪河口再吐出来,香溪河口在屈原故里附近,屈原之姊便将其弟尸体安葬于此,并定居于此,秭归之名即由此而来。屈原祠自唐宋以来经数次迁址修葺,一直保存完好。后因兴建葛洲坝水利工程，于1976年在秭归城东的向家坪迁建屈原祠，并改名为“屈原纪念馆”。由于三峡工程的兴建，屈原祠将再次迁徙，规划中的屈原祠将建在秭归新县城东风景秀丽的凤凰山上。面对宏伟的三峡工程，凤凰山环水相拥，屈原祠依山傍水，将成为三峡库区一道最靓丽的风景线。

真正的屈原墓位于湖南省汨罗市城北玉笥山东5公里处的汨罗山顶。传说为防止楚国的贵族掘墓，屈原的女儿女媭以罗裙兜土赶筑疑冢。她的精神感动了周围的百姓，大家鼎力相助，一夜之间便修起了形似小山的十一座疑冢，连同原墓共十二座，这些墓冢前都立有“故楚三闾大夫墓”或“楚三闾大夫墓”石碑。为纪念女媭，人们将汨罗山更名“烈女岭”，山下女媭兜土经过的小桥便叫“烈女桥”。

秭归的屈原祠，我一直没机会前去瞻仰，而汨罗的屈子祠我利用一次去湖南公干的机会绕道寻访了，终于得偿夙愿，了却了一段割舍不下的情愫。

汨罗江边的屈子祠又名屈原祠、屈原庙、三闾祠。屈子祠始建于汉代，我看到的是清乾隆年间的建筑。祠为三进青砖结构，正门牌楼墙绘有屈原生平的浮雕，正门中殿巨幅雕屏上刻有司马迁《史记·屈原列传》的全文。二进中殿为祭祀厅，设有神龛，供着“故楚三闾大夫屈原之神位”。两边厢房为屈原生平事迹陈列室。后进中殿立着屈原手抚佩剑的塑像，两旁柱子上刻着于立群书郭沫若集的《离骚》诗句："集芙蓉以为裳，又树蕙之百亩；帅云霓而来御，将往观乎四荒。"祠内有不少楹联，有的撰写得十分到位，如董必武的"阶高辞远，同风雅并体；行廉志洁，与日月同光"、郭嵩焘的"哀郢失孤忠，三百篇中，独宗变雅开新格；怀沙沉此地，两千年后，唯有滩声似旧时"等。那次去屈原祠，我有三点感慨。一是我原以为屈子祠应该是个有一定规模的古建筑群，因为它是全国重点文物保护单位，而屈原又是世界文化名人。可我看到的屈子祠，占地仅七亩八分，建筑很是简单，而且已十分破旧，给人一种荒凉之感。附近原有的独醒亭、骚坛、濯缨桥、桃花洞、寿星台、剪刀池、绣花墩、望爷墩等被称为玉笥山八景的纪念屈原的古迹，因多年失修而渐次湮没了。加上屈子祠所处的玉笥山不临交通要道，进出要绕行，游人自然很少。二是我在祠内一隅，看见有一座被放倒的石碑，上面刻的竟然是大贪官胡长清的题字。他是我国改革开放以来第一个被执行死刑的高官，死之前是江西省的副省长。他是湖南常德人，离汨罗不远，据说他字写得不错，而他又喜欢到处题词，石碑题字估计是他在回乡游汨罗时写的。看着石碑上刻的胡长清三个字，我感觉很滑稽，一个贪婪窃国的罪人竟然给爱国的俊英题字，不是太有讽刺意味了吗。三是我在屈子祠，面对屈原，陡增一股爱国之情的同时，又有一种悲凉之感，因为，现在爱国不时尚了，有些人非但不爱国，反而要抛弃她，甚至费尽心机去残害她。那些贪官污吏们，肆意鲸吞着人民的血汗钱，过着奢靡的生活；那些借祖国发展而暴发的新贵们，纷纷把资金转移到国外，把子女落户到西方；那些演艺界的男女们，稍一有名就急吼吼地与洋人结婚或加入外籍，有的为了赚钱而又回到国内来，站在台上假惺惺地唱着“我爱你，中国……”想到这些，我的心就在滴血。我们有着爱国传统的国民呀，什么时候能像屈原那样“伏清白以死直”“虽九死其犹未悔”啊?!

第三讲　辞藻华丽　手法夸饰

——谈汉赋

一、汉赋的基本情况

赋,是由楚辞衍化出来的一种文体,起于战国,盛于两汉,故又称为汉赋。汉赋是有韵的散文,特点是散韵结合,专事铺叙。从形式上看,在于"铺采摛文",多用铺陈叙事的手法;从内容上看,则侧重"体物写志",以"颂美"和"讽喻"为目的。赋必须押韵,这是它区别于其他文体的一个主要特征。汉赋的内容大体可分为五类:一是渲染宫殿城市;二是描写帝王游猎;三是叙述旅行经历;四是抒发不遇之情;五是杂谈禽兽草木。前两者是汉赋之代表。赋是汉代最流行的文体。在两汉四百年间,一般文人多致力于这种文体的写作,因而盛极一时,后世往往把它看成是汉代文学的代表。

汉赋可分为骚体赋、大赋、小赋。骚体赋直接受屈原《九章》和《天问》的影响,保留加"兮"的传统,其语言是四言和散句的结合，表现手法为抒情言志。汉初的六十年是骚体赋时期。大赋又叫散体大赋，规模巨大，结构恢宏，气势磅礴，词汇华丽，往往是成千上万言的鸿篇巨制。西汉时期的贾谊、枚乘、司马相如、扬雄，东汉时期的班固、张衡等，都是大赋的行家。小赋扬弃了大赋篇幅冗长、辞藻堆砌、缺乏情感的缺陷，在保留汉赋基本文采的基础上，创造出篇幅较小、文采清丽、讥讽时事、抒情咏物的短篇小赋，赵壹、蔡邕、祢衡等是小赋的高手。

还有一种分法，是把赋大致分为五种，分别是骚赋、汉赋、六朝赋、律赋和文赋，相应与五个重要时期相联系：西汉人没有一定的限制性，将楚国诗人屈原、宋玉的作品也视为赋体，且称作楚辞体的骚赋；汉赋篇幅较长，多采用问答体，韵散夹杂，其句式以四言、六言为主，但也有五言、七言或更长的句子，汉赋喜堆砌词语，极尽铺陈排比之能事，好用难字，被后人视为赋体的正宗，也称古赋；六朝赋是东汉抒情短赋的变体，特点是篇幅短小，句式整齐，多为四言、六言骈偶组成，而又讲究平仄，通篇押韵，又称俳赋；唐宋有律赋，题目、字数、韵式、平仄都有严格限制；文赋是中唐以后产生的一种散文化的赋体，不刻意追求对偶、声律、词采、典故，句式错落多变，押韵较自由，甚至大量运用散文的句式，文赋的出现是进步，是对赋体的解放。

二、汉赋的发展阶段

汉赋的形成和发展可以分为三个阶段。汉初的赋家，继承楚辞的余绪，这时流行的主要是所谓“骚体赋”，其后则逐渐演变为有独立特征的散体大赋，这是汉赋的主体，也是汉赋最兴盛的阶段，东汉中叶以后，散体大赋逐渐衰微，抒情、言志的小赋开始兴起。汉赋的这种发展变化过程，与汉代社会状况的变化有着密切的关系。

西汉前期，自高祖至景帝六十多年间是汉赋的肇始期。在这一期间，由于一改秦代以法为教的做法，文化政策相对宽松，优待士人，故而使战国后期从楚国开始兴起的赋体文学，得以融合南北的文明成果向前发展。这一时期赋体文学在创作上，大体继续着楚辞的韵，以骚体赋为主流，发展相对缓慢，因此有的文学史家称：严格说来，汉初只可算是辞的时代，而不是赋的时代。

西汉中期从武帝经昭帝至宣帝，九十余年间是汉赋的鼎盛期。这一时期，由于经济发展，政权巩固，国力强大，疆域辽阔，封建皇权至高无上。与此相应，统治集团好大喜功，耽于声色享乐，已然形成风气，因此上自皇帝，下至达官显贵，皆喜爱最适于形象地表现这种时代风气的赋体文学，从而给予大力提倡。这就为赋体文学的发展提供了极其丰厚的土壤,很快几乎所有的文士为之殚思竭虑,驰骋才华,于是赋体文学发展迅速出现了繁荣景象。刘向在成帝时经过审查筛选,辑录了61位赋家的930篇赋作,其中这一时期的就占了绝大多数。此时的赋又以散体大赋为主流,并将其发展到定型的极致,所以这才真正是赋的时代。

西汉后期经元帝至平帝近六十年间,国力日颓,王朝渐衰,作为汉赋主体的散体大赋,不可避免地渐露衰败之势而走下坡路,而重在抒情言志的骚体赋,则顽强地表现出继续发展的态势。

东汉时期的赋,前期经由王莽新朝,到刘秀重建汉朝,反映到赋的创作中,便有前后不同的景观,先是散体大赋衰歇,骚体赋活跃发展,继而大赋再度复燃。后期由于政治腐败,国势渐衰,以雍荣揄扬颂圣为特点的大赋失去了存在的条件,加上诗歌逐渐摆脱传统经学的束缚,冲破音乐附庸的地位,成为语言艺术的重要形式,走上自觉发展的道路,文苑已经不再是赋体一统天下了。但这也给赋的创作以积极的影响,促使其从内容到形式的变革,使之转变为灵动自由,短小精悍,在对客观事物的生动描绘中抒情述志的新体制。汉赋完成了自身转化而获得新生。

写作汉赋的名家,贾谊和淮南小山是早期骚赋的代表人物。贾谊的《吊屈原赋》是骚体的继承,《鹏鸟赋》是一篇寓志遣怀之作，是作者假设与鹏鸟（即猫头鹰）对话而衍生出的一篇文字，一方面使用了主客问答体，同时也比较多地使用铺陈的手法，散文的气味浓厚预示了新的赋体正在孕育形成。淮南小山的《招隐士》使用铺叙和夸张的手法，充满丰富的想象，是汉初骚体赋的优秀之作。

标志着汉赋正式形成的第一个作家是枚乘，他的《七发》形成了汉大赋的体制，是一篇承前启后的重要作品。自汉武帝刘彻到汉宣帝刘询时代，即所谓西汉中叶，是一个值得颂扬的盛世，加上汉武帝好大喜功，又雅好文艺，提倡辞赋，招纳了许多文学侍从之臣在自己身边，因而大量歌功颂德的作品，就在“兴废继绝，润色鸿业”的名义下产生了。期间及以后，涌现出了一批汉赋的杰出代表，如西汉时的贾谊、枚乘、司马相如、扬雄、东方朔、王褒，东汉时的班固、张衡等，都是汉赋大家，都有精彩的赋作。

汉赋对中国文学的影响是巨大的，它的美学价值香浓千载，它的写作方法一直为后人所借鉴。东汉以后写赋的人逐渐减少，代之以更加自由的散文，但仍不时有精美赋作出现，如唐朝诗人杜牧的《阿房宫赋》、北宋文学家苏东坡的《赤壁赋》，它们抒写情志，讲究铺张叙事，重视辞藻押韵，完全体现了赋的文体特点。

三、赋圣司马相如

汉赋最杰出的代表是司马相如。司马相如(约前179年—前127年),字长卿,汉族,巴郡安汉县(今四川南充蓬安县)人,一说蜀郡(今四川成都市)人。大辞赋家司马相如是中国文化史和文学史上的杰出代表,是西汉时伟大的文学家、杰出的政治家。景帝时为武骑常侍,因病免。他的赋作辞藻富丽,结构宏大,使他成为汉赋的代表作家,后人称他为赋圣和辞宗。鲁迅在《汉文学史纲要》里说:“武帝时文人,赋莫若司马相如,文莫若司马迁。”

司马相如少年时代喜欢读书练剑,二十多岁时做了汉景帝的武骑常侍,但因为景帝不好辞赋,因而他有不遇知音之叹。后来梁孝王刘武来朝,他得知梁王好文,手下聚集了一批文士,便因病退职,往游梁地。梁王刘武为汉文帝次子,是汉景帝的亲弟弟。公元前178年被封为代王,公元前176年改封淮阳王,国都睢阳(今河南商丘市)。公元前168年,梁怀王刘揖死后无嗣,刘武继嗣梁王,自淮阳徙梁(今河南开封市)。七国之乱期间,梁王率兵抵御吴王刘濞,保卫了国都长安,功劳极大。因为有大功,加上母亲窦太后的宠爱,十年后的梁国变得十分富贵昌盛。梁王在大梁筑忘忧之馆(即有名的梁园),以待天下贤士,一时俊逸之士齐聚梁园,其中有著名文人邹阳、庄忌、枚乘等。这些文人在梁园积极从事文学活动,写了大量的辞赋。司马相如来到梁地后,结交了一众著名辞赋家,参与了他们的活动,游梁数年后创作了著名的《子虚赋》。其赋独具艺术匠心,影响远远超过了他的前辈。

司马相如为梁王写的《子虚赋》,借虚构的子虚和乌有两人的对话,讲道:楚王派子虚出使齐国,齐王调遣境内所有士卒,准备众多车马,与使者一同出外打猎,借以显示国家的强大。打完猎后,子虚前去拜访乌有先生,无是公在场。大家落座后,乌有先生问子虚今天打猎快乐吗?子虚说快乐。乌有问猎物很多吧?子虚回答说很少。乌有先生说既然如此,那么乐从何来呢?子虚回答说,我高兴的是因为齐王本想向我夸耀他的车马众多,而我却用楚王在云梦泽打猎的盛况来回答他。楚国疆域广大,物质丰富,云梦泽是楚国七个大泽中最小的一个,也有方圆九百里,动物遍地,花木繁多,狩猎的盛况无以复加,我说得齐王默然无语。乌有先生不服,便以齐国的大海名山、异方殊类来傲视子虚。双方都是张扬大国风采和帝王气象。整篇文章气势宏大,语言极尽铺陈,是赋中的经典名篇。

汉武帝刘彻第一次看到《子虚赋》时就非常喜欢,以为这是古人之作,叹息自己不能和作者同时代。当时侍奉刘彻的狗监(主管皇帝的猎犬)杨得意是蜀人,便对刘彻说:"此赋是我的同乡司马相如写的。”刘彻惊喜万分，马上召司马相如进京，见面后极力夸赞《子虚赋》写得好。司马相如向武帝表示说：“《子虚赋》写的只是诸侯王打猎的事，算不了什么，请允许我再作一篇天子打猎的赋。”于是就有了内容上与《子虚赋》相接的《上林赋》。《上林赋》可以说是《子虚赋》的姊妹篇，内容可以相衔接，文字辞藻却更华美壮丽。司马相如以夸耀的笔调，描写了汉天子上林苑的壮丽及汉天子游猎的盛大规模，歌颂了统一王朝的声威和气势。《上林赋》是司马相如最重要最著名的作品，也是他的代表作。

司马相如的《上林赋》，是文学史上第一篇全面体现汉赋特色的大赋。它以宫殿、园囿、田猎为题材，以维护国家统一、反对帝王奢侈为主旨，既歌颂了统一大帝国无可比拟的声威，又对最高统治者有所讽谏，开创了汉代大赋的一个基本主题。在形式上，它摆脱了模仿楚辞的俗套，以“子虚”“乌有先生”“无是公”为假托人物，设为问答，放手铺写，结构宏大，层次严密，语言富丽堂皇，句式亦多变化，加上对偶、排比手法的大量使用，使全篇气势磅礴，形成铺张扬厉的风格，确立了汉代大赋的体制。此赋一出，司马相如立即被汉武帝封为郎官。

司马相如是文学大师和美学大家，也是很有成就的散文名家，对汉代散文做出了重要的贡献，还是很有造诣的音乐家。而他的文学成就主要表现在辞赋上，《汉书 · 艺文志》著录他的赋作29篇。由于司马相如在文体创新方面取得的非凡成就，他成为当之无愧的汉赋奠基人。扬雄欣赏他的赋作，赞叹说："长卿赋不似从人间来，其神化所至邪！"班固、刘勰称他为"辞宗"，他被林文轩、王应麟、王世贞等学者称为"赋圣"。司马相如赋才天纵，文思萧散，控引天地，错综古今，旷世莫比。

汉赋的代表作自然是司马相如的《上林赋》，但由于此赋篇幅宏大，生僻艰涩字较多，读起来难度较大，有兴趣的可自己去阅读。老同志可选择短而易懂的赋去读。

司马相如的赋善于叙事铺张，写情也同样深切动人，如他的《长门赋》就是抒情赋的绝唱。据传汉武帝时，皇后陈阿娇被冷落后，贬至长门宫（汉朝长安别宫之一，在长安城南，原是馆陶公主献给汉武帝的一所园林），终日以泪洗面。为了重新获得皇帝的宠爱，她命心腹内监携了黄金百斤，向大文士司马相如求得代作一篇赋，写她深居长门的闺怨，于是司马相如作了《长门赋》。此赋开了骈体宫怨题材之先河，是受到历代文人称赞的佳作。作品将离宫内外的景物同人物的情感有机地结合在一起，以景写情，情景交融，为赋中别创。作品以一个受到冷遇的嫔妃口吻写成，诉说一深宫永巷女子的愁闷悲思，写得委婉凄楚。这篇赋为人们塑造了一个美丽却孤独而凄凉的形象，先是写陈皇后独自一人在深宫徘徊，神情恍惚，郁郁寡欢，明月沉缺，红颜憔悴的形象。接着写她洞房清夜，寒烟漠漠，独自抚琴，情感哀哀的景象:“日黄昏而望绝兮,怅独托于空堂。悬明月以自照兮,徂清夜于洞房。援雅琴以变调兮,奏愁思之不可长。案流徵以却转兮,声幼妙而复扬。贯历览其中操兮,意慷慨而自印。左右悲而垂泪兮,涕流离而从横”。文章最后写陈皇后在漫漫长夜中孤独寂寞,迷蒙的梦中感觉仿若君王在侧,醒来后才发觉是南柯一梦,只好在清醒悲伤中独自熬过长夜:“忽寝寐而梦想兮,魄若君之在旁。惕寤觉而无见兮,魂迋迋(wàng)若有亡”。司马相如的《长门赋》时而如高山瀑布,澎湃汹涌,俊烈坦荡,气采宏流;时而又如涓涓细流,丝丝缕缕,绵绵不绝,清明澄澈,沁人心脾。整篇赋作辞藻华丽,精巧雕琢,字字珠玑,感人至深,读之令人伤心欲绝。

陈皇后欲借文人笔墨感动君心,命宫人日日传诵,希望被武帝听到而令他回心转意。只可惜辞赋虽佳,却终未能使武帝回心转意。在她母亲馆陶公主死后,陈皇后更是寥落悲郁异常,不久便香消玉殒,魂归黄泉,葬于霸陵亭。

补白一　关于“犬子”的由来

司马相如的小名叫“犬子”,《史记》里说他“少时好读书,学击剑,故其亲名之曰犬子”。起这样的名字本为了好养,可随着司马相如的成名,及后来的巨大影响,人们不禁附庸风雅,争相仿效,竟纷纷用“犬子”一词来称自家儿郎,传至今日,“犬子”成了对自己儿子的谦称。

补白二　梁园虽好，不是久恋之家

这句成语的意思是，他乡虽好，不宜久居。亦指眼下虽顺，却非长久之计。它是由此而来：西汉时梁孝王刘武平息了长王之乱，抗击吴楚有功。他在梁地大兴土木，以睢阳为中心，修建了很大的花园，称东苑，也叫菟园，后人称为梁园。在广大的东苑中建有许多宫室。雕龙剔柱，金碧辉煌，房舍林立，几乎可以和京师的皇宫媲美。梁园中还建有许多假山岩洞，辟有湖泊池塘。睢水两岸，竹林万千，长达十余里。园中各种花木应有尽有，飞禽走兽，无奇不全，风景优美，是当时的游览胜地。天下的文人雅士如齐人邹阳、公孙诡、羊胜，吴人枚乘、严忌，蜀人司马相如等，都成了梁孝王的座上客。梁孝王与他们在园中斗鸡、钓鱼、狩猎，有时饮酒作赋，所以梁园又有“文雅”之称。后世唐朝大诗人李白、杜甫、高适、王昌龄、岑参、李贺，宋朝的秦观，明朝的王廷相、李梦阳、侯方域等都曾慕名前来梁园。尤其李白写的《梁园吟》更是千古名诗，中有“梁王宫阙今安在，枚马先归不相待。舞影歌声散绿池，空余汴水东流海”等句传诵至今。梁园虽然如此奢华，但据传说当梁王挽留司马相如时，他却推辞说：“梁园虽好，非久恋之家也。”于是这句话成了成语。

第四讲　待月西厢下

——谈元曲

一、元曲的基本知识

元曲是盛行于元代的一种文艺形式,包括杂剧和散曲两个部分,有时专指杂剧。

元曲是中华民族灿烂文化宝库中的一朵奇葩,它在思想内容和艺术形式上体现出独有的特色,和唐诗宋词及明清小说鼎足并举,成为我国文学史上一座重要的里程碑。

文体随着时代的进步而不断向前发展。明代后七子领袖王世贞在他著的《艺苑卮(zhī)言》里说:“《三百篇》亡而后有骚赋,骚赋难入乐而后有古乐府,古乐府不合俗而后以唐绝句为乐府,绝句少婉转而后有词,词不快北耳而后有北曲,北曲不谐南耳而后有南曲。”这说明元曲是在北方由词变化而来。

一般来说,元曲包括元杂剧和元散曲两部分,两者都是以北曲为演唱形式。散曲是元代文学的主体,但元杂剧的成就和影响远远超过散曲,因此也有人以元曲单指杂剧,元曲即是元代戏曲。继唐诗宋词之后,蔚为繁盛的元曲有它独特的文学魅力:一方面,元曲继承了诗词的清丽婉转;另一方面,元曲又极具反抗情绪,锋芒直指社会弊端,放射出夺目的战斗光彩。元曲中描写爱情的作品也比历代诗词来得泼辣、大胆。这些均足以使元曲拥有迷人的艺术魅力。元曲的兴起对于我国民族诗歌的发展、文化的繁荣有着深远的影响和卓越的贡献。元曲一出现,立即显示出旺盛的生命力,提供了人民群众喜闻乐见的崭新的艺术形式。

元曲包括散曲和剧曲两类文体:散曲包括小令、带过曲和套数;剧曲是由套数组成的曲文。散曲中的小令体制短小,通常只是一支独立的曲子,少数也有包含两三支曲子的。散套由多支曲子组成,而且要求始终用一个韵。套数是指戏曲或散曲(小令除外)中多种曲调互相连贯、有首有尾,成为一套的曲文,亦称“套曲”。剧曲又叫“杂剧”,是有唱词、有说话(称宾白,含对白、独白)、有科范(表情动作)、有完整故事情节、专为舞台演出的戏剧剧本。散曲和剧曲相对存在,散曲只是用作清唱的歌词,剧曲则有各种角色的唱词、道白、动作等。从形式上看,散曲和词很相近。但在语言上,词典雅含蓄,而散曲则通俗活泼;在格律上,词要求严格,而散曲则可宽松自由。散曲曲牌的各式各样名称中,一些如《喜春来》《山坡羊》《红绣鞋》之类,很是俚俗,说明散曲比词更接近民歌。元曲作品以其揭露现实的深刻以及题材的广泛、语言的通俗、形式的活泼、风格的清新、描绘的生动、手法的多变,在中国古代文学艺苑中放射着璀璨夺目的光彩。

二、散　　曲

散曲这种文体,是一种同音乐结合的长短句歌词。元人称为乐府或今乐府,明朝以后始称散曲。

散曲发源于金词,产生的时间在金元之际,植根于民歌俚谣的肥沃土壤之中。北方的诗歌经过长期酝酿,逐渐发展起来,到宋金时期吸收了一些民间流行的曲词,于是又有了进步。尤其是在少数民族乐曲与中原正乐的融合中,传统的词和词曲已不能适应新的音乐形式,于是就逐步形成了一种新的诗歌形式。宋金以后,北方少数民族相继入主中原,他们带来的胡曲番乐与汉族地区原有的音乐相结合,孕育出了一种新的乐曲。散曲便应运而生了。

散曲又叫清曲,是依据某种曲调创作的供人清唱的曲词,仅从文字上看是诗歌。散曲又有套数、小令和带过曲之别。小令是一韵到底的单曲。为了表现更多的内容,小令又可以带上一两首与其音韵相连的曲子,就是带过曲。套数是由同一宫调的多首曲子连缀而成的有头有尾的一套组曲。

散曲之所以称为“散”，是与整套剧曲相对而言的，是一种可以独立存在的文体。

散曲打破了传统艺术的典范格局，以一种独立的形态构成新的艺术风格。它以独特的审美特征独秀文坛，以不同于唐诗宋词的美学风采而成为中国文学宝库中别具一格的体裁。它的表现淋漓酣畅、泼辣直白、诙谐风趣、热烈尖锐、富于动感、以俗破雅、以俗成趣，语言自由活泼，充满活力。它描绘的对象不限美丑雅俗，表现力丰富宽广。散曲是元代文学成就最高的体裁之一。

散曲的特征，一是从文体上看，它格律自由，活泼灵动，有别于宋词的严格和正统。二是从艺术形式上看，它语言俚俗，抒情直接热烈、酣畅淋漓。金代的词已经出现了曲的特点，加上后来又吸收了大量的北方俚歌俗调，于是散曲有了俚俗、率直、诙谐、浅白的表现倾向。散曲继承了诗词的清丽婉转，但突破了诗词的格律约束，语言清新明快、自然朴实，有民间口语特点，表现风格讲究直率明快，显露无遗，直述白描。元散曲描写爱情的作品比历代诗词都要泼辣、大胆，描绘自然山水的作品虽不及诗词典雅，但有清新自然的特点。三是从内容和思想方面看，元曲有很强的斗争性，多有反映现实之作，表现出强烈的冲突和对抗。金元时代社会黑暗，政治专权，人们的反抗情绪则反映在散曲上，锋芒直指社会弊端，直指腐朽世风，因而放射出夺目的战斗光彩。这种情绪在怀古咏史和归田退隐之类的作品中也有所表现。这些都是元曲艺术魅力之所在。

前期散曲创作的作家大体上可以分为三类。第一类是书会才人作家,如关汉卿。这类作家在人生道路的选择,自我价值的认定,或是道德修养等方面都与传统文士大相径庭,并大多具有放荡不羁的精神风貌,而在表象之后蕴含着强烈的反传统的叛逆精神和追求个性自由的生命意识。第二类是平民及胥吏作家。这类作家没有彻底抛弃名教礼法和传统文士的风尚,而是不信失落,力图重现传统文人价值。白朴、马致远是代表作家。其中马致远的散曲最为鲜明突出。第三类是达官显宦作家。

应该提及的是,对于散曲的发展及影响,妓女们功不可没。金末元初时,社会腐败,文人没有科举取士之路可走,而且还处于“八娼九儒十丐”的底层地位,于是社会上出现了避世乃至玩世的思潮。他们出入秦楼楚馆,与大量的歌伎一起绘制乐府、唱曲,将民间的歌曲大量修改、传唱。文人与她们诗酒相乐、丝竹相和,导致了民歌时调与文人创作的结合,推动了散曲的发展。

元散曲选读：

南吕·一枝花·不伏老

关汉卿

【尾】我是个蒸不烂、煮不熟、捶不匾、炒不爆响珰珰一粒铜豌豆，恁子弟每谁教你钻入他锄不断、斫不下解不开、顿不脱慢腾腾千层锦套头。我玩的是梁园月，饮的是东京酒，赏的是洛阳花，攀的是章台柳。我也会围棋、会蹴鞠、会打围、会插科、会歌舞、会吹弹、会咽作、会吟诗、会双陆。你便是落了我牙，歪了我嘴，瘸了我腿，折了我手；天赐于我这几般儿歹症候，尚兀自不肯休。则除是阎王亲自唤，神鬼自来勾；三魂归地府，七魄丧冥幽；天哪！那其间才不向烟花路儿上走！

山坡羊·潼关怀古

张养浩

峰峦如聚，波涛如怒，山河表里潼关路。望西都，意踌躇。　　伤心秦汉经行处，宫阙万间都做了土。兴，百姓苦；亡，百姓苦。

山坡羊·骊山怀古

张养浩

骊山四顾,阿房一炬,当时奢侈今何处?只见草萧疏,水萦纡。　　至今遗恨迷烟树,列国周齐秦汉楚。赢,都变做了土;输,都变做了土!

四块玉·叹世

马致远

两鬓皤,中年过,图甚区区苦张罗。人间宠辱都参破。种春风二顷田,远红尘千丈波,倒大来闲快活。　　带月行,披星走,孤馆寒食故乡秋。妻儿胖了咱消瘦。枕上忧,马上愁,死后休。

水仙子·夜雨

徐再思

一声梧叶一声秋,一点芭蕉一点愁,三更归梦三更后。　　落灯花,棋未收,叹新丰孤馆人留。枕上十年事,江南二老忧,都到心头。

中吕·红绣鞋

贯云石

挨着靠着云窗同坐，看着笑着月枕双歌。听着数着愁着怕着早　　四更过。四更过情未足，情未足夜如梭。天那！更闰一更妨甚么。

醉太平·无题

无名氏

堂堂大元，奸佞专权。开河变钞祸根源，惹红巾万千。官法滥，刑法重，黎民怨。　　人吃人，钞买钞，何曾见。贼做官，官做贼，混愚贤，哀哉可怜。

醉太平·讥贪小利者

无名氏

夺泥燕口，削铁针头，刮金佛面细搜求，无中觅有。　　鹌鹑嗉里寻豌豆，鹭鸶腿上劈精肉，蚊子腹内刳脂油，亏老先生下手。

朝天子·志感

无名氏

不读书有权，不识字有钱，不晓事倒有人夸荐。老天只恁忒心偏，贤和愚无分辨。　折挫英雄，消磨良善，越聪明越运蹇。志高如鲁连，德过如闵骞，依本分只落的人轻贱。

不读书最高，不识字最好，不晓事倒有人夸俏。老天不肯辨清浊，好和歹没条道。　善的人欺，贫的人笑，读书人都累倒。立身则小学，修身则大学，智和能都不及鸭青钞。

三、杂　剧

这里说的杂剧是指元杂剧。元杂剧又称北杂剧、北曲。元杂剧是在金院本(金代戏剧的演出样式，即金代的演出之本)的基础上孕育发展而形成的，十三世纪后半期是元杂剧雄踞剧坛最繁盛的时期。元杂剧的形成是中国历史上各种表演艺术发展的结果，同时它也是时代的产物。经历金灭北宋、元灭金的过程，元杂剧就在金院本和说唱诸宫调的基础上，由于现实的要求、群众的爱好而产生的。此外,元朝的疆域广大、交通发达,密切了国际和国内各民族之间的关系。各民族之间的文化交流,大大扩大了杂剧题材和内容,特别是北方诸民族乐曲的传播,对杂剧的兴盛起了积极的作用。杂剧经历了从不完备到完备的发展过程,到了蒙古王朝称元以后,杂剧体制成熟并开始兴盛起来。到了元成宗元贞、大德年间,杂剧的创作和演出进入鼎盛时期,展开了中国戏曲史上最辉煌灿烂的一页。

元杂剧的艺术形式

元杂剧具有完整、严密的结构体制。主要体现在:

一、"四折一楔子"是元杂剧最常见的剧本结构形式。每个剧本一般由四折戏组成,有时再加一个楔子,合为一本。所谓"折",相当于现在的"幕",是音乐组织的单元,也是全剧矛盾冲突的自然段落。四折即是开端、发展、高潮、结尾四个阶段。在四折戏外,为了交代情节或贯穿线索,往往在全剧之首或折与折之间,加上一小段独立的戏,称为"楔子"。安排在第一折之前的,称为开场楔子;置于各折之间的,称为过场楔子。它所起的是绵密针线或承前启后的作用。一本四折的形式也并不是一成不变的,如《赵氏孤儿》就是五折,《西厢记》为五本二十一折等。此外,在剧本的开头或结尾,还有"题目正名",就是用两句话或者四句话,标明剧情提要,确定剧本名称,如《窦娥冤》的题目正名为两句:“秉鉴持衡廉访法,感天动地窦娥冤。”

二、音乐曲调方面采用的是北曲联套的形式。元杂剧每一折用一个套曲,每一个套曲一般都连缀同一宫调的若干支曲牌组成。常见的是第一折用仙吕,第二折用南吕,第三折用中吕,第四折用双调。少数剧本也有使用其他宫调的。在每一宫调之内,各有数十支曲牌。曲词按曲牌填写,一折之中的每支曲牌都押同一韵脚,不可换韵。有时又有向其他宫调借用一支或几支曲牌的情况,称为借宫。

三、杂剧的角色分为旦、末、净、杂等。旦包括正旦、外旦、小旦、大旦、老旦、搽旦。正旦是歌唱的主要女演员。外旦是次要女演员。末包括正末、小末、冲末、副末。正末是歌唱的主要男演员。外末、副末是次要的男演员。冲末是首次上场的男演员。净是地位低下的喜剧性人物。杂是除以上三类以外的演员,有孤(当官)、驾(皇帝)、卜儿(老妇人)、徕儿(小厮)、细酸(读书人)等。

四、主唱。元杂剧一般是一人主唱或男女主角唱,主唱的角色不是正末,就是正旦。正旦主唱称旦本,如《窦娥冤》是旦本,窦娥主唱;正末主唱的称为末本,如《汉宫秋》是末本,汉元帝主唱。一般的通例是,一剧中一人主唱到底。但也有少数例外,剧本随着剧情的发展,人物有所变化,如在《赚蒯通》中,第一折正末扮张良,第二、三、四折正末扮蒯通。这就出现了主唱人物的变换。

五、宾白。在后世的戏曲中也叫道白或说白，前人对宾白大致有两种解释：一是“唱为主，白为宾，故曰宾白”，二是“北曲中有全宾全白。两人对说曰宾，一人自说曰白”，它是指曲词外演员说的话，包括人物的对白和独白。白由白话和部分韵语组成，又称韵白和散白。对白与话剧的对话相似，独白兼有叙述的性质，在情节的发展和人物的塑造上起着重要的作用。

六、科介。也称科范、科、介，指唱、白以外的动作，是元杂剧中指示人物动作和表情的术语。一般来说，元杂剧剧本中的科包括四个方面。一是人物一般的动作，如《汉宫秋》第一折写王嫱迎接汉元帝，注明“趋接科”。二是人物的表情，如第一折毛延寿定计，注明“做忖科”。三是武打动作，如《襄阳会》第四折有“四将做混战科”。四是剧中穿插的歌舞动作，如《梧桐雨》第二折指示玉环舞蹈，注明“正旦做舞科”。有时也表示剧中的舞台效果，如《汉宫秋》有“雁叫科”。

元杂剧的分类

有人把元杂剧分为十二科，分得太细，甚至有重叠的部分。现在一般的分类是：从体裁上分为悲剧、喜剧；从题材上分为公案戏、历史戏、爱情戏、社会戏、神话戏。元杂剧四大悲剧是：《窦娥冤》《梧桐雨》《赵氏孤儿》《汉宫秋》。四大爱情剧是：《西厢记》《墙头马上》《拜月亭》《倩女离魂》。

元杂剧的文学地位

在元杂剧繁荣的过程中，出现了众多的作家和作品。元代的各类文学作品中，杂剧作品反映当时的社会生活最为广泛，也只有杂剧作品取得的成就最高，难怪元代罗宗信把“大元乐府”和唐诗、宋词共称。所谓“大元乐府”，就是指散曲和杂剧。后世有不少人也同意这种说法，其中还有专把元杂剧和唐诗、宋词相提并论的。这种看法反映了元杂剧是具有代表性的一代艺术。

元曲四大家及其代表作

元曲四大家指关汉卿、白朴、马致远、郑光祖四位杂剧作家。四者代表了元代不同时期不同流派杂剧创作的成就。但也有人把关汉卿、王实甫、马致远和白朴称为元曲四大家，郑光祖不在其中。不同的说法各有道理，我们不去细究。这几个人的代表作为：关汉卿的《窦娥冤》和《救风尘》、白朴的《墙头马上》、马致远的《汉宫秋》、郑光祖的《倩女离魂》、王实甫的《西厢记》。下面我们分别述说。

关汉卿（约1220—1300），号已斋（一斋）、己斋叟，是中国古代戏曲创作的代表人物，“元曲四大家”之首。关汉卿是伟大的戏曲家，后世称他为“曲圣”。1958年被世界和平大会理事会评定为世界文化名人。

关汉卿是成就卓著的戏曲家，一生的主要贡献是戏曲创作，人们称他为“驱梨园领袖，总编修师首，捻杂剧班头”。他自己也毫无惭色地自称：“我是个普天下的郎君领袖，盖世界浪子班头。”可见他在元代剧坛上的地位。

元代是外族统治中原的一个失败的范本。元朝沿袭了封建主义的国家建制，但是却没有废除奴隶制的残规陋习。从客观上来看，它是几千年封建时期过后，一个奴隶制王朝的短暂复辟。在关汉卿生活的时代，政治黑暗腐败，社会动荡不安，阶级矛盾和民族矛盾都十分突出，人民群众生活在水深火热之中。元末明初，社会进入实体战争带来的变革期，关汉卿用剧作深刻地表现了社会现实，充满着浓郁的时代气息。在他的笔下，写得最为出色的是一些普通妇女形象，像窦娥、妓女赵盼儿、杜蕊娘、少女王瑞兰、寡妇谭记儿、婢女燕燕等，各具性格特色。她们出身卑贱，深受封建统治阶级的凌辱和迫害。关汉卿描写了她们的悲惨遭遇，刻画了她们正直、善良、聪明、机智的性格，同时又赞美了她们强烈的反抗意志，歌颂了她们敢于同黑暗势力搏斗、至死不屈的英勇行为，在那个特定的历史时代，奏出了鼓舞人民斗争的主旋律。

关汉卿创作的杂剧名目共 62 种（也有说 67 种），今存 18 种。这些杂剧的内容从思想上看，大致可分三类。第一类是歌颂人民的反抗斗争、揭露社会黑暗和统治者的残暴、反映尖锐阶级矛盾的作品，如《窦娥冤》《蝴蝶梦》《鲁斋郎》等，其中最杰出的是《窦娥冤》。这是他的悲剧代表作，国学大师王国维先生曾说："《窦娥冤》即列世界十大悲剧中亦无愧色"。第二类是描写下层妇女生活和斗争的作品，突出她们的勇敢和机智。那些貌似强大的坏人，在聪明的对手面前，一个个被颠簸戏弄得丑态百出，因此这些作品也带有喜剧意味，如《救风尘》《望江亭》《金线池》《拜月亭》等，其中以《救风尘》为最有代表性。第三类是歌颂历史英雄的作品，如《单刀会》《西蜀梦》，以《单刀会》的成就最为突出。

关汉卿的戏剧是中国古典戏曲艺术的一个高峰。他娴熟地运用元代杂剧的形式，在塑造人物形象、处理戏剧冲突、运用戏曲语言诸方面均有杰出的成就。他的剧作把塑造正面主人公放在首要的地位。在处理戏剧冲突方面，他善于提炼激动人心的戏剧情节。他的戏剧剧情紧凑集中，不枝不蔓，以省略次要情节来突出主要事件。关汉卿是一位杰出的语言艺术大师，他汲取大量的民间生动语言，熔铸精美的古典诗词，创造出一种生动流畅、本色当行的语言风格。他是元曲中本色派的杰出代表，真正做到了"人习其方言，事肖其本色。境无旁溢，语无外假"。

关汉卿又是一位著名散曲作家，在元代散曲史上占有重要的地位。今存关汉卿散曲计套曲 14 首、小令 35 首（一说 57

首）。内容主要包括三个方面：描绘都市繁华与艺人生活、羁旅行役与离愁别绪，以及自抒抱负的述志遣兴。关汉卿描绘男女离愁别绪的散曲，写得十分动人，感情丰富而深沉，没有矫揉造作的虚假成分，一扫萎靡纤弱的曲风，所谓“以健笔写柔情”，是这类作品的特色。如小令：

双调·沉醉东风

咫尺的天南地北，霎时间月缺花飞。手执着饯行杯，眼阁着别离泪。　　刚道得声“保重将息”，痛煞煞教人舍不得。好去者，望前程万里！

关汉卿散曲中最值得我们推崇的，是他自写身世、抒发胸中抱负的作品，如【南吕·一枝花·不伏老】。此套数写得诙谐老辣，笔力横肆，充满自负、自嘲、自乐的情趣，不但是研究关汉卿生平思想的重要依据，也是元代散曲中不可多得的名篇。这些作品，描写了一个勾栏艺术家的生活境遇，抒发了一个平民戏剧家的伟大抱负：永远和社会底层的烟花艺伎与书会才人一道，不怕压迫折挠，奋战不息，至死方休。这些堂堂正正的思想与抱负，却用极俏皮诙谐、佯狂玩世的文字来表现，真是神韵独具，妙趣横生，活脱脱显现了一个多才多艺的戏剧家韧性的战斗精神。

《窦娥冤》故事梗概：民女窦娥，自幼丧母。其父窦天章因要上京赶考，没有路费，借了寡妇蔡婆的高利贷20两银子，一年后变成40两。窦天章无法还债，就把窦娥半抵半送给蔡家做童养媳。十年后，窦娥长大做了蔡家媳妇。不到两年，丈夫病死，窦娥守寡。婆媳俩两代孀居，相依为命，生活十分贫苦。

楚州有个流氓张驴儿，与父亲张老头一起欺负蔡家婆媳。蔡婆去找赛芦医索债时，赛芦医谋财害命，恰被张驴儿所救。从此，张驴儿仗着自己救了蔡婆一家人而持恩逼婚，要蔡家坐堂招婚。蔡家婆媳不肯，张驴儿便想毒死蔡婆，好霸占美貌弱小的窦娥，于是他设法陷害窦娥。一天蔡婆生病，窦娥做了羊肚汤给婆婆喝。张驴儿在汤里放毒，想毒死蔡婆后逼窦娥成亲。谁知蔡婆忽然呕吐不想喝，张老头夺过碗喝了汤，不一会儿毒性发作身亡。蔡婆为了免除灾祸，给张驴儿十两纹银，让他买棺葬父。不料张驴儿却以这十两纹银为证据，讹诈蔡婆害死自己父亲。他买通当地县令，对蔡婆横施酷刑。窦娥怕婆婆年老体弱，经不起折磨，只得含冤自己忍痛承担，被判处死刑。在窦娥被押往刑场的一路上，她满腔悲愤地咒骂着天地："地，你不分好歹何为地？天，你错勘贤愚枉做天！"

刑场上，刽子手来了，大刀扬起。这时候窦娥向天发出了三个愿望：第一，若她是冤枉的，要刀过人头时，一腔血都不往下洒，要全飞到旗的白布上，不让鲜血沾到地面；第二，若她是冤枉的，六月天要降三尺白雪，遮住她的尸体；第三，她死后楚州要接连三年大旱，以证明她是冤死的。刽子手的刀砍下来，窦娥的血真的全飞到白布上。接着，六月的楚州天降大雪。之后，楚州果然三年大旱。窦娥的愿望全部得到实现，证明她真的是冤死的。

六年后，窦娥的父亲窦天章在京城应试高中，做了大官。窦天章奉旨去到楚州探察民情。到楚州后他发现这里竟然三年一滴雨水未降，心想这里定有冤案。当夜，他在灯下翻窦娥的案卷，忽见灯影一闪，窦娥出现，细说冤情，求父亲主持公道。窦天章细审此案，为冤死的窦娥平反，宣布窦娥无罪，将张驴儿判了死罪，楚州太守处罚。刚宣判完，大雨从天而降。

白朴（1226—?），原名恒，字仁甫，后改名朴，字太素，号兰谷。祖籍陕州（今山西河曲县附近），后徙居真定（今河北正定县），晚岁寓居金陵（今江苏南京市），终生未仕。白朴出身官僚士大夫家庭，其父白华为金宣宗三年（1215 年）进士，官至枢密院判。白朴幼年遭兵荒马乱，战争中母子失散，所幸被誉为“金元之际文章大宗”的元好问将他和姐姐收留，并加以悉心培养，教以读书问学之经、处世为人之理，使白朴在幼年时受到了良好的教育。由于有这样的经历，白朴下了永绝仕宦之途的决心，一生放浪形骸，寄情于山水之间。

白朴创作的剧目有 15 种，题材多出自历史传说，剧情多为才人韵事。现存的《唐明皇秋夜梧桐雨》，写的是唐明皇与杨贵妃的爱情故事；《墙头马上》，描写了一个“志量过人”的女性李千金冲破名教，自择配偶的故事。前者是悲剧，写得悲哀悱恻，雄浑悲壮；后者是喜剧，写得起伏跌宕，热情奔放。这两部作品，历来被认为是爱情剧中的成功之作，具有极强的艺术生命力，对后代戏曲具有深远的影响。与关汉卿相比，白朴的生活圈子相对局限，因此不可能从社会下层提炼素材，从而写出像关汉卿《感天动地窦娥冤》那样的作品。然而他善于利用历史题材，敷衍故事，因旧题，创新意，词采优美，情意深切绵长，却又是关汉卿所不及的。

白朴同样是散曲大家，他的词作，除了一些描写应酬赠答、歌楼舞榭之作外，多为伤时感怀的作品，跌宕沉详，天然古朴。

越调·天净沙·秋

孤村落日残霞，轻烟老树寒鸦，一点飞鸿影下。青山绿水，白草红叶黄花。

中吕·阳春曲·知几（四首）

知荣知辱牢缄口，谁是谁非暗点头。诗书丛里且淹留。闲袖手，贫煞也风流。

今朝有酒今朝醉，且尽樽前有限杯。回头沧海又尘飞。日月疾，白发故人稀。

不因酒困因诗困，常被吟魂恼醉魂。四时风月一闲身。无用人，诗酒乐天真。

张良辞汉全身计，范蠡归湖远害机。乐山乐水总相宜。君细推，今古几人知。

马致远(1250—1321)，字千里，号东篱，(一说字致远，晚号东篱)，大都(今北京市)人。他青年时期仕途坎坷，中年中进士，曾任浙江省官吏，后在大都任工部主事。马致远晚年不满时政，隐居田园，以衔杯击缶自娱。

从马致远的散曲作品中，我们可以知道他年轻时热衷功名，有“佐国心，拿云手”的政治抱负，但现实粉碎了他仕宦的梦想。在经过了二十年漂泊生涯之后，他看透了人生的荣辱，毅然退隐泉林，晚年过着“林间友”“世外客”的闲适生活。马致远早年即参加了杂剧的创作，从事创作的时间很长，名气也很大。他的作品现见于著录的有16种，如《汉宫秋》《荐福碑》《岳阳楼》《青衫泪》等，其中以《汉宫秋》最著名。

《汉宫秋》在传说的基础上加以虚构，把汉匈关系写成衰弱的汉王朝为强大的匈奴所压迫；把昭君出塞的原因写成毛延寿求贿不遂后，在画像时有意丑化昭君，事败后逃往匈奴，引兵来强索昭君；把元帝写成一个软弱无能、为群臣所挟制而又多愁善感、深爱王昭君的皇帝；把昭君的结局，写成她在汉与匈奴交界处的黑龙江投江自杀。这样,《汉宫秋》就成了一种假借一定的历史背景而加以大量虚构的宫廷爱情悲剧。这个剧本同现实生活直接相关的地方,在于民族战争中个人的不幸。由此我们十分敬佩马致远的胆量,因为当时统治中国的是蒙古人,也就是匈奴人的后裔。

马致远同时也是撰写散曲的高手,是名气很大的散曲大家,有"曲状元"之称,他在元代散曲作家群中位居第一。今存他的散曲130多首,被后人辑入《东篱乐府》。在他的作品中,最能反映他风格的是散曲,散曲中又以小令《天净沙·秋思》最为有名。

天净沙·秋思

枯藤老树昏鸦,小桥流水人家。古道西风瘦马,夕阳西下,断肠人在天涯。

这是一篇抒情名作,仅用二十八个字就生动地表现出了一个长期漂泊他乡的游子的悲哀。七百多年来,人们说起乡愁,就会想到这篇作品,因为它极其出色地运用了景物烘托的写法,将抒情主人公置于特定的氛围中,使主观意绪和客观环境达到了高度的统一。这首写景小令脍炙人口,匠心独运,自然天成,如诗如画,余韵无穷,丝毫不见雕琢之痕迹。这首曲子的内容本身简简单单,普普通通,叙述羁旅漂泊人,时逢黄昏,感伤突袭。感而发，发而思，思而悲，悲而泣，泣而痛，因此能深入人的心灵。因为写了这首《秋思》，马致远被称为"秋思之祖"。王国维称赞说是"小令之最佳者""寥寥数语，深得唐人绝句妙境"。

马致远的叹世之作也能淋漓尽致地表达性情。他在元散曲作家中，被看作是豪放派的主将。他虽也有清婉的作品，但以疏宕宏放为主。他的语言熔诗词与口语为一炉，创造了曲的独特意境。

蟾宫曲·叹世

咸阳百二山河。两字功名，几阵干戈。项废东吴，刘兴西蜀，梦说南柯。韩信功兀的般证果，蒯通言那里是风魔。成也萧何，败也萧何，醉了由他。

郑光祖（生卒年不详），字德辉，平阳襄陵（今山西襄汾县）人。所作杂剧在当时获有"名闻天下，声振闺阁"的美誉。现存杂剧 18 种，有《周公摄政》《王粲登楼》《翰林风月》《倩女离魂》等，其中《倩女离魂》最著名。除杂剧外，郑光祖散曲有小令 6 首、套数 2 套流传。

《倩女离魂》的全名叫《迷青琐倩女离魂》，是以描写青年男女爱情故事为主题的剧本。剧本以唐朝陈玄祐的小说传奇《离魂记》为素材，其大致情节是：秀才王文举与倩女指腹为婚，王文举不幸父母早亡，倩女之母遂想毁约，借口只有王文举得了进士之后才能成婚。不料倩女却十分忠于爱情，就在王文举赴京应试，与她柳亭相别之后，倩女由于思念王文举，她的魂魄便离了原身，追随王文举一起奔赴京城。而王文举却不知是倩女的魂魄与他在一起，还以为是倩女本人同他一起赴京。他状元及第三年后，准备从京城启程赴官，顺便打道去探望岳母。他便先修书一封告知倩女的父母，之后偕同倩女魂魄来到了倩女身边，倩女魂魄与身体又合一，恩爱夫妻得以大团圆。清人梁廷枘称赞此剧曲词“灵心慧舌，其妙无对”。王国维则认为其“如弹丸脱手，后人无能为役”。郑光祖的散曲写得也很好，现选读一首。

双调·蟾宫曲

弊裘尘土压征鞍，鞭倦袅芦花。弓箭萧萧，一竞人烟霞。动羁怀：西风禾黍，秋水蒹葭。千点万点，老树寒鸦。三行两行，写高寒，呀呀雁落平沙。　　曲岸西边，近水涡、渔网纶竿钓脏。断桥东下，傍溪沙、疏篱茅舍人家。见满山满谷，红叶黄花。正是凄凉时候，离人又在天涯。

四、王实甫和他的《西厢记》

王实甫(1260—1316),名德信,河北定兴人,著名杂剧家,著杂剧十四种,现存《西厢记》《丽春堂》《破窑记》三种。其中最出名的是《西厢记》。

《西厢记》最早来源是唐代元稹的传奇小说《莺莺传》,王实甫又在金代董解元《西厢记诸宫调》的基础上改编而成,虽然在情节上与前者相差无几,但在每个方面都有进一步加工、发展和提高,使戏剧冲突更加激烈,人物性格更为鲜明,特别在心理描写上,细致精确,引人入胜。《西厢记》达到了很高的艺术水平,是我国古典戏曲宝库中一颗璀璨的明星。后人曾把《西厢记》第一本第三折的曲文作为"定格"的范例。明初贾仲明在其吊王实甫曲【凌波仙】中说:"作辞章,风韵美,士林中等辈伏低。新杂剧,旧传奇,西厢记,天下夺魁。"同是明初的朱权誉王实甫词如"花间美人""铺叙委婉,深得骚人之趣""极有佳句"。可见,他的《西厢记》在元代和元明之际很为人所推重,其时已被称为杂剧之冠。

《西厢记》全名《崔莺莺待月西厢记》,共五本二十一折五楔子。描写书生张君瑞在普救寺中遇见相国之女崔莺莺,两人产生爱情,通过婢女红娘的帮助,历经坎坷,终结为夫妻的故事。

《西厢记》有鲜明、深刻的反封建主题。张生和莺莺的恋爱故事，已经不再停留在“才子佳人”的模式上，也没有把“夫贵妻荣”作为婚姻的理想。他们否定了封建社会传统的联姻方式，始终追求真挚的感情，爱情已被置于功名利禄之上。《西厢记》结尾处，在中国文学史上第一次正面表达了“愿天下有情人都成眷属”的美好愿望，表达了反对封建礼教、封建婚姻制度和封建等级制度的进步主张，鼓舞了青年男女为争取爱情自由、婚姻自主而抗争的斗志。《西厢记》之所以能成为元杂剧的压卷之作，不仅在于其表现了反对封建礼教和封建婚姻制度的进步思想，而且它在戏剧冲突、结构安排、人物塑造等方面，都取得了很高的艺术成就。《西厢记》的戏剧冲突有两条线索。一条是封建势力的代表老夫人与青年崔莺莺、张生、红娘之间展开的冲突。这是维护封建礼教的封建势力和反对封建礼教、追求婚姻自主的叛逆者之间的冲突。此外，还有由崔莺莺、张生、红娘之间的种种矛盾引起的另一条戏剧冲突线索，这些冲突虽然属次要，却是大量的、错综复杂的，常常和主要矛盾交织在一起，互相影响，推动戏剧情节一环扣一环地发展，具有强烈的戏剧效果。这正是《西厢记》令人叫绝之处。《西厢记》的人物角色不多，戏却很多，情节曲折。这出戏的结构规模在中国戏剧史上是空前的。它突破了元杂剧的一般惯例，用鸿篇巨制来表现一个曲折动人的爱情故事。因此它避免了其他元杂剧由于篇幅限制而造成的剧情简单化和某种程度的模式化的缺点，能够游刃有余地展开情节、刻画人物，这是王实甫的一个创举。《西厢记》最突出的艺术成就是成功地塑造了栩栩如生、性格各异的人物形象。王实甫很善于按照人物的地位、身份、教养以及彼此之间的具体关系，准确地把握人物的性格特征，并且调动多种艺术手段，生动鲜明地将其表现出来。崔莺莺、张生、红娘、老夫人都由于王实甫的卓越才能而成为不朽的艺术典型。王实甫的《西厢记》问世以后，在中国文学史上产生了广泛而深远的影响，流传至今的明清刻本约有一百种。明清的众多学者对《西厢记》评价很高，直到近现代，《西厢记》的各种版本依旧活跃在舞台上，备受人们的赞赏。

《西厢记》故事梗概：前朝崔相国夫人郑氏携小女崔莺莺，送丈夫灵柩回河北安平安葬，途中因故受阻，暂住河中府普救寺。崔莺莺年方十九岁，针织女红、诗词书算，无所不能。她父亲在世时，已将她许配给郑尚书之子郑恒。

在普救寺，书生张君瑞巧遇在殿外玩耍的小姐与丫鬟红娘。张君瑞父母双亡，家境贫寒。他只身一人赴京赶考，路过此地，因好友杜确就在蒲关，于是住了下来，准备择日前去拜望。普救寺是武则天皇后的香火院，景致很美，张生便前去瞻仰，无意中见到了容貌俊俏的崔莺莺，赞叹道："十年不识君王面，始信婵娟解误人。"为了能多见上莺莺几面，张生便向寺中方丈借宿，住进西厢房。

一日，崔老夫人为亡夫做道场，张生也借机上香追荐父母，得以再见莺莺小姐。张生从和尚那里得知，莺莺小姐每夜都要到花园内烧香。待到夜深人静，月朗风清之时，张生悄悄来到后花园，偷看小姐烧香，情不自禁，吟诗一首："月色溶溶夜，花荫寂寂春；如何临皓魄，不见月中人？"莺莺随即和了一首："兰闺久寂寞，无事度芳春；料得行吟者，应怜长叹人。"张生的才情和苦读，感动了莺莺小姐，她对张生顿生爱慕之情。

可未曾想，叛将孙飞虎听说崔莺莺有"倾国倾城之容，西子太真之颜"，便率领五千人马，将普救寺层层围住，限老夫人三日之内交出莺莺做他的"压寨夫人"。危急之中夫人声称："不管是谁，只要能退贼军，就将小姐许配给他。"张生的八拜之交杜确任征西大元帅，现统领十万大军，镇守在蒲关。张生写了一封书信，叫惠明和尚送给杜确，让他派兵前来解围。三日后，杜确的救兵来到，打退了孙飞虎。

崔老夫人在酬谢席上以莺莺已许配郑恒为由，让张生与莺莺结为兄妹，并赠金帛，让张生另择佳偶，这使张生和莺莺都很痛苦。看到这些，丫鬟红娘安排他们相会。张生弹琴向莺莺表白了相思之苦，莺莺也向张生倾吐了爱慕之情。自那日听琴之后，又多日不见莺莺，张生害了相思病，趁红娘探病之机，托她捎信给莺莺。于是莺莺回信约张生月下相会。夜晚，张生翻墙而入，莺莺反怪他行为下流，发誓再不见他，致使张生病情越发严重。后莺莺借探病为名，到张生房中与他幽会。

老夫人看莺莺这些日子神情恍惚，言语不清，行为古怪，便怀疑她与张生有越轨行为，于是叫来红娘拷问。红娘被逼无奈，只得如实相告。红娘替小姐和张生求情，并说这不是张生和小姐的错，而是老夫人的错，老夫人不该言而无信悔婚，让张生与小姐兄妹相称。老夫人无奈，只得告诉张生，如果想娶莺莺小姐，必须考得功名。莺莺小姐在十里长亭摆下筵席为张生送行，再三叮嘱张生休要“停妻再娶妻”，休要“一春鱼雁无消息”。长亭送别后，张生在草桥店与莺莺梦中相会。

张生考得状元，写信向莺莺报喜。但这时郑恒来到普救寺，捏造谎言，说张生已被卫尚书招为东床佳婿。于是崔夫人再次将莺莺小姐许配给郑恒，并决定择吉日完婚。就在成亲之日，张生以河中府尹的身份归来，征西大元帅杜确也前来祝贺。真相大白后，郑恒羞愧难言，含恨自尽，张生与莺莺终成眷属。

《西厢记》的产生过程：《西厢记》里所说的故事，最早见于唐代著名诗人元稹所写的传奇小说《莺莺传》（又名《会真记》）。《莺莺传》写的是元稹自己婚前的恋爱生活。

元稹出生在河内县清化镇的赵后村，赵后村的邻村是崔庄村，崔庄村里有一女子叫崔小迎，元、崔二人从小一起玩耍，青梅竹马，两小无猜。长大后的崔小迎生得如出水芙蓉，美丽超群，并与元稹两人私订终生。后来元稹赴考从政，深受当时太子少保韦夏卿赏识，于是他与韦夏卿之女韦丛婚配，从此一生再也未见小迎一面。元稹还有一桩情事。他在22岁时离开长安去河中府做事，其间与17岁的双文姑娘热恋。这段恋情非常热烈，为此元稹还写了不少诗歌予以述说，其中还有偷情过程的露骨描写。但与韦丛结婚后，他彻底抛弃了双文，甚至还写诗诋毁和侮辱她。以这两件事为素材，元稹创作了《莺莺传》。故事中的张生对崔莺莺也是始乱终弃，作者借张生之口，反诬莺莺为"尤物""妖孽"，宣传了男尊女卑的封建思想。元稹的言行，甚是为后人所诟病。但《莺莺传》毕竟是才子佳人的故事，因而得以广泛流传，并产生了不少歌咏其事的诗词。宋代一些文人以此为题材进行再创作，其中赵令畤的【商调·蝶恋花】鼓子词影响最大。这些作品对莺莺的命运给予同情，对张生始乱终弃的薄情行为进行了批评，但故事情节并没有新的发展。当《莺莺传》故事流传了四百年的时候，金代董解元的《西厢记诸宫调》（人称"董西厢"）问世了。"董西厢"虽然是在《莺莺传》的基础上创造出来的，但无论是思想性还是艺术性，都远远超过了前人。它对《莺莺传》中的故事情节和人物形象做了根本性的改造，使戏曲矛盾冲突演变成了争取恋爱自由的青年男女同封建家长之间的斗争，张生成了多情才子，莺莺富有反抗精神。戏曲以莺莺偕张生私奔作结，使旧故事开了新生面。"董西厢"随着情节的增加，人物的感情变得更为复杂、细腻，性格也更为丰满。在文字的运用上，作者既善于写景，也善于写情，并善于以口语入曲，使作品更为生动和富有生活气息，艺术性较之前有较大提高，但“董西厢”在艺术上尚嫌粗糙，对爱情的描写也尚欠纯至。

又过了大约一百年，王实甫的《西厢记》(人称“王西厢”)诞生了。《西厢记》直接继承了“董西厢”，但在此基础上有巨大的贡献。在男主人公形象的塑造上，王实甫不仅写了张生的痴情与风度，更写了张生的才华，同时也写了张生的软弱，使他成为封建社会中多情才子的代表。剧中聪明、伶俐、热心、正直的丫鬟红娘，也给人留下了深刻的印象，并且在后来的剧作中一再出现，取得了比莺莺更为重要的地位。正因为这部戏，后来“红娘”成了媒人的代名词。《西厢记》在中国戏剧史上首度成功地刻画了爱情心理，是戏剧史上一部直接描写爱情心理的作品，其对矛盾冲突的设计也足以示范后人。

《西厢记》最突出的成就是从根本上改变了《莺莺传》的主题思想和莺莺的悲剧结局，把男女主人公塑造成在爱情上坚贞不渝，敢于冲破封建礼教的束缚，并经过不懈的努力，终于得到美满结果的一对青年。这一改动，使剧本的反封建倾向更加鲜明，突出了“愿普天下有情的都成了眷属”的主题思想。在艺术上，剧本通过错综复杂的戏剧冲突，完成了崔莺莺、张君瑞、红娘等艺术形象的塑造，使人物的性格特征生动鲜明，加强了作品的戏剧性。

“王西厢”与“董西厢”的故事情节大略相同，但前者题材更集中，反封建的思想倾向更鲜明，又改写了曲文，增加了宾白，剔除了一些不合理的情节，艺术水平有很大的提高。作为我国古典戏剧的一部典范作品，其规模之宏伟、结构之严密、情节之曲折、点缀之富有情趣、刻画人物之生动细腻等，不仅前无古人，而且超过了元代的其他剧作家。在剧情处理上，王实甫善于根据人物的不同环境、不同性格去展开各种矛盾。比如以第三本第二折为例，红娘探病，把张生的信带给莺莺，又把莺莺的回信送给张生，事情就这么简单，可是却被王实甫写得跌宕起伏。莺莺是相国的千金小姐，红娘是老夫人派去服侍莺莺同时也是监视她的婢女。万一红娘把信交给莺莺，莺莺翻脸告诉老夫人，那就真要“打下下半截来”了。因此红娘把信放在镜台上，等小姐自己去发现。另一方面，一个待字闺中的小姐轻易对一个男人示爱，是会被认为是可耻的，因此莺莺在红娘面前不能不有许多虚情假意的表现。当她看到张生的信时，马上对红娘发起怒来，甚至把写给张生的回信扔在地上，叫他下次休得如此。红娘同情张生，不愿拿小姐的回信去刺激他，只是反复劝他了断痴想，以便撒手回来。可是张生痴情难断，再三纠缠不休，红娘只好把小姐的回信给他，叫他自看。张生看完信后高兴得手舞足蹈，他告诉红娘，小姐在信中约他晚上相会，这时的红娘才恍然大悟，原来她上了莺莺小姐的当。于是她对莺莺小姐改变了态度，只是在边上冷眼旁观，使剧情有了新的转变。而莺莺约了张生来，却又不得不硬着心肠数落他一番，逼他回去了。这些描写都是根据人物的性格而来，由之引起剧情的矛盾变化，又通过这些矛盾变化突出表现人物的内心活动。

《西厢记》艺术欣赏：《西厢记》的曲词华艳优美，富有诗的意境，可以说每支曲子都是一首美妙的抒情诗，因此看《西厢记》曲文，是一种美艳无比的艺术享受。下面我们来欣赏它的一些经典曲文和独白。

比如第一本的楔子中，当时正是残春时节，崔莺莺在普救寺中闲耍时唱道：

花落水流红，闲愁万种，无语怨东风。

又比如第一本第四折，张生惊叹莺莺的美貌，借在普救寺进香又一次见到了莺莺，于是唱道：

我只道这玉天仙离了碧霄，原来是可意种来清醮。小子多愁多病身，怎当他倾国倾城貌。

恰便似檀口点樱桃，粉鼻儿倚琼瑶，淡白梨花面，轻盈杨柳腰。妖娆，满面儿扑堆着俏；苗条，一团儿真是娇。

又比如第二本第一折，崔莺莺见了张生后，心生爱慕，于是害了相思，她说："自见了张生，神魂荡漾，情思不快，茶饭不进。早是离人伤感，况值暮春天道，好烦恼人也呵！好句有情怜夜月，落花无语怨东风。"接着唱道：

落红成阵，风飘万点正愁人。池塘梦晓，阑槛辞春。蝶粉轻沾飞絮雪，燕泥香惹落花尘。系春心情短柳丝长，隔花荫人远天涯近。香消了六朝金粉，清减了三楚精神。

红娘见她这样的情形，就说："姐姐情思不快，我将被儿熏得香香的，睡些儿。"莺莺接着唱道：

翠被生寒压秀稠，休将兰麝熏，便将兰麝熏尽，只索自温存。昨宵个锦囊佳制明勾引，今日个玉堂人物难亲近。这些时坐又不安，睡又不稳，我欲待登临又不快，闲行又闷。每日价情思睡昏昏。

又比如白马解围后，老夫人悔婚，只让他俩结为兄妹，崔莺莺怨怪她那口不应心的娘，她唱道：

从今后玉容寂寞梨花朵，胭脂浅淡樱桃颗，这相思何时是可？昏邓邓黑海来深，白茫茫陆地来厚，碧悠悠青天来阔；太行山般高仰望，东洋海般深思渴。毒害的恁么。俺娘呵，将颤巍巍双头花蕊搓，香馥馥同心缕带割，长挽挽连理琼枝挫。白头娘不负荷，青春女成担耽，将俺那锦片也似前程蹬脱。俺娘把甜句儿落空了他，虚名儿误赚了我。

又比如第三本第二折，张生得到莺莺小姐的约会邀请后，便焦急地等待着晚上去赴约，剧中张生猴急的表现写得真让人拍案叫绝。张生云："天，你有万物于人，何故争此一日？疾下去波！读书继晷怕黄昏，不觉西沉强掩门。欲赴海棠花下约，太阳何苦又生根。（看看天）呀，才晌午也，再等一等。（又看看天）今日万般的难得下去也呵！'碧天万里无云，空劳倦客身心。恨杀鲁阳贪战，不教红日西沉。'呀，却早倒西也，再等一等咱。'无端三足乌，团团光烁烁，安得后羿弓，射此一轮落！'谢天地，却早日下去也！呀，却早发擂也！呀，却早撞钟也！拽上书房门，到得那里，手挽着垂杨，滴流扑跳过墙去。"

又比如第四本第三折，老夫人逼张生去京城求取功名，于是一家人在十里长亭饯别。莺莺叹说："早是离人伤感，况值那暮秋天气，好烦恼人也呵。"接着唱道：

> 碧云天，黄花地，西风紧，北雁南飞。晓来谁染霜林醉？总是离人泪。

红娘问："姐姐今日怎么不打扮？"莺莺回答说："你哪知我的心里呵！"接着唱道：

> 见安排着车儿、马儿，不由人熬熬煎煎的气；有甚么心情花儿、靥儿，打扮得娇娇滴滴的媚；准备著被儿、枕儿，只索昏昏沉沉的睡；从今后衫儿、袖儿，都揾做重重叠叠的泪。兀的不闷煞人也么哥，兀的不闷煞人也么哥！久已后书儿、信儿，索与我凄凄惶惶的寄。

红娘说:“姐姐不曾吃早饭,饮一口汤水。”莺莺说:“甚么汤水咽得下。”然后唱道:

将来的酒共食,尝著似土和泥;假若便是土和泥,也有些土气息,泥滋味。

对张生的赴京应试,崔莺莺的态度完全不同于常人,这里包含着对功名富贵的蔑视。她唱道:

蜗角虚名,蝇头微利,拆鸳鸯在两下里。

但得一个并头莲,煞强如状元及第。

你休忧文齐福不齐,我则怕你停妻再娶妻。休要一春鱼雁无消息,我这里青青鸾信频须寄,你却休金榜无名誓不归。此一节君须记:若见了那异乡花草,再休似此处栖迟。

张生赴京考试走后,崔莺莺日夜思念,她唱道:

虽离了我眼前,却在心上有;不甫能离了心上,又早眉头。忘了时依然还又,恶思量无了无休。大都来一寸眉峰，怎当他许多颦皱？新愁近来接着旧愁，厮混了难分新旧。旧愁似太行山隐隐，新愁似天堑水悠悠。

又比如第五本第一折，张君瑞得中状元，派琴童送信回来，小姐高兴地写了回信，并叫带上汗衫一领，裹肚一条，袜儿一双，瑶琴一张，玉簪一枚，斑管一枝等六样东西。红娘问，姐夫得了官，岂会无这几件东西，寄予他有甚缘故？莺莺一一唱道：

这汗衫儿呀，他若是和衣卧，便是和我一处宿，但粘着他皮肉，不信不想我温柔。

这裹肚，是要他，常则不要离了前后，守着他左右，紧紧地系在心头。

这袜儿，拘管他胡行乱走。

这琴，为的是，当日五言诗紧趁逐，后来因七弦琴成配偶。他怎肯冷落了诗中意，我则怕生疏了弦上手。

这玉簪，是因为，我须有个缘由，他如今功名成就，则怕他撇人在脑背后。

这斑管，是我要对他说，湘江两岸秋，当日娥皇因虞舜愁，今日莺莺为君瑞忧。这九嶷山下竹，共香罗衫袖口，都一般啼痕湮透。似这等泪斑宛然依旧，万古情缘一样愁。涕泪交流，怨慕难收，对学士叮咛说缘由，是必休忘旧！

这出戏的最后，唱出了感人肺腑的最动人的主题语：

永老无别离，万古常完聚，愿普天下有情的都成了眷属。

最让我们惊奇和称道的是，《西厢记》中最动人、最感人的人物是丫鬟红娘，王实甫将红娘的形象塑造得如此饱满，是前无古人的伟业。他将红娘的精神世界进行浓郁地渲染，环环相扣，入情入理，动人心弦，使红娘成为一个塑造得最成功的，有血有肉的艺术形象。红娘的形象趋于完美，成了反抗封建婚姻的斗士，通向美满婚姻的桥梁。红娘的形象在艺术性上具有极高的价值，《西厢记》能广为流传，红娘的形象当推首功。红娘敢于同封建礼教做斗争，促进了美满婚姻的形象在文学史和人们的生活中留下深刻的烙印，使她成了美好婚姻的牵线人，她从历史故事中走了出来，似乎成了人们身边的一员。

同时让我们感动的是戏剧家王实甫，一是他在一个底层人物身上着墨如此之多,实属罕见;二是他把红娘的形象写得如此丰满,让人惊奇;三是他是以赞赏、歌颂的感情去写这个人物,让人敬佩。王实甫也因为红娘而名垂千古。

我们说红娘的形象几尽完美,是因为她太招人喜爱。她集美丽聪明、活泼率真、善良热诚、勇敢仗义于一身。她每一次出场,都闪耀着光彩。让我们分几个层次来看红娘的表现。她虽然是婢女,但又奉老夫人之命来监视莺莺小姐,搞得莺莺很有意见,怪红娘一天到晚跟着她。一开始红娘对酸腐的张生看不惯,采取的是嘲讽的态度。第一次见到红娘,张生说了一大堆:“小生姓张,名珙,字君瑞,本贯西洛人也,年方二十三岁,正月十七日子时建生,并不曾娶妻……”红娘立刻打断他说:“谁问你来?”张生又问:“小姐常出来么?”红娘发怒道:“先生是读书君子,孟子曰:‘男女授受不亲,礼也。’君子‘瓜田不纳履,李下不整冠。’道不得个‘非礼勿视,非礼勿听,非礼勿言,非礼勿动。’先生习先王之道,尊周公之礼,不干已事,何故用心?早是妾身,可以容恕,若夫人知其事啊,决无干休。今后得问的问,不得问的休胡说!”在小姐面前,她称张生“是那二十三岁不曾娶妻的傻角。”

普救寺解围后,崔夫人摆宴,叫红娘去请张生吃饭。张生欢天喜地装扮好后对红娘说:“小生客中无镜,敢烦小娘子看小生一看如何?”红娘嘲讽他说:

来回顾影，文魔秀士，风欠酸丁。下工夫将额颅十分挣，迟和疾擦倒苍蝇，光油油耀花人眼睛，酸溜溜螫得人牙疼。

但在老夫人变卦悔婚后，红娘的态度发生了根本的变化，转变为同情和帮助这对恋人。当张生智竭思穷，说要“解下腰间之带，寻个自尽”时，红娘说：“街上好贱柴，烧你个傻角。你休慌，妾当与君谋之。”然后安排莺莺夜听琴，让张生吐露衷肠。听琴后崔张二人双双害起了相思病。莺莺小姐叫红娘去看望张生，张生请红娘帮他传信给小姐，并说“小生久后多以金帛拜酬小娘子”。当即被红娘抢白了一顿：

哎，你个馋穷酸俫没意儿，卖弄你有家私，莫不图谋你的东西来到此？先生的钱物，与红娘做赏赐，是我爱你的金资？

你看人似桃李春风墙外枝，卖俏倚门儿。我虽是个婆娘有志气。则说道：“可怜见小子，只身独自！恁的呵，颠倒有个寻思。”

但可敬的红娘这时还是激励张生说：“这简帖儿我与你将

去，先生当以功名为念，休堕了志气者！”接着唱道：

你将那偷香手，准备着折桂枝。休教那淫词儿污了龙蛇字，藕丝儿缚定鲲鹏翅，黄莺儿夺了鸿鹄志；休为这翠帏锦帐一佳人，误了你玉堂金马三学士。

张生应邀前去约会，红娘又嘱咐他对小姐要温柔：

他是个女孩儿家，你索将性儿温存，话儿摩弄，意儿谦洽；休猜做败柳残花。

当小姐突然变卦，弄得张生张口无言，手足无措时，红娘在边上恨铁不成钢地说：“张生背地里嘴那里去了？向前搂住丢翻，告到官司，怕羞了你！”后来还是红娘求情，这事得以过去。

这之后张生得了相思病，病情严重。莺莺叫红娘去探望，并写下一简，说是药方，对红娘说：“张生病重，我有一个好药方儿，与我将去咱！”红娘说：“又来也！娘呵，休送了他人！”莺莺央求：“好姐姐，救人一命，将去咱！”红娘说：“不是你，一世也救他不得。”小姐的信定下了约会的日子。到了这天晚上，莺莺小姐却又装糊涂。这一段写得很有意思,红娘说:“姐姐着我传简帖儿与张生,约他今宵赴约。俺那小姐,我怕又有说谎,送了他性命,不是耍处。我见小姐去,看他说甚么。”莺莺见了红娘说:“红娘收拾卧房,我睡去。”红娘说:“不争你要睡呵,那里发付那生?”莺莺说:“甚么那生?”红娘说:“姐姐,你又来也!送了人性命不是耍处。你若又反悔,我出首与夫人,你着我将简帖儿约下他来。”莺莺说:“羞人答答的,怎生去!”红娘说:“有甚的羞,到那里只合着眼者。去来去来,老夫人睡了也。”然后送小姐到张生书房。敲门后张生问是谁,红娘答:“是你前世的娘。”你看她有多调皮。

崔张二人私相约会的事暴露后,老夫人拷问红娘。红娘却勇敢地说:“非是张生小姐红娘之罪,乃夫人之过也。”老夫人说:“这贱人倒指下我来,怎么是我之过?”这时红娘义正词严,明辨事理,晓以利害,说出了一番大道理:“信者人之根本,‘人而无信,不知其可也。大车无輗(mán),小车无轨,其何以行之哉?’当日军围普救,夫人所许退军者,以女妻之。张生非慕小姐颜色,岂肯区区建退军之策?兵退身安,夫人悔却前言,岂得不为失信乎?既然不肯成就其事,只合酬之以金帛,令张生舍此而去。却不当留请张生于书院,使怨女旷夫,各相早晚窥视,所以夫人有此一端。目下老夫人若不息其事,一来辱没相国家谱;二来张生日后名重天下,施恩于人,忍令反受其辱哉?使至官司,老夫人亦得治家不严之罪。官司若推其详,亦知老夫人背义而忘恩,岂得为贤哉?红娘不敢自专,乞望夫人台鉴。莫若恕其小过,成就大事,捆之以去其污,岂不为长便乎?”老夫人只得同意了红娘的意见。

接着红娘遵照老夫人的旨意,去通知崔张二人前来,宣布他们俩的事。莺莺说:“羞人答答的,怎么见夫人?”红娘说:“娘跟前有甚么羞?”然后打趣她道:

当日个月明才上柳梢头,却早人约黄昏后。羞得我脑背后将牙儿衬着衫儿袖。猛凝眸,看时节只见鞋底尖儿瘦。一个恣情的不休,一个哑声儿厮耨。呸!那其间可怎生不害半星儿羞?

在最后一本戏中,书生郑恒来了,造谣说张生在京城已做了卫尚书的女婿,骗得崔夫人决定将莺莺再次许配给他。这时红娘勇敢地站了出来,痛骂郑桓,语言锋利,咄咄逼人。当郑恒夸耀自己富有而能干,骂张生“穷酸饿醋”时,红娘说:

他凭着讲性理齐论鲁论,作辞赋韩文柳文,他识道理为人敬人,掩家里有信行知恩报恩。

他凭师友君子务本，你倚父兄仗势欺人。
齑盐日月不嫌贫，博得个姓名新、堪闻。
你值一分，他值百分，萤火焉能比月轮？高低远近都休论，我拆白道字辨与你个清浑。

当郑桓抬出“我祖代是相国之门”的金字招牌来压人时，红娘义正词严，剔肤见骨地指出：

你道是官人则合做官人，信口喷，不本分。
你道是穷民到老是穷民，却不道“将相出寒门”。

她勇敢地与这个仗势欺人的花花公子作斗争，忠心维护了崔、张的爱情，读来令人为之一振。

红娘是一个杰出的艺术形象。

五、中国戏剧

说了元曲，自然要延伸说中国古代戏剧。

戏剧主要包括戏曲和话剧，戏曲是中国固有的传统戏剧，话剧则是20世纪引进的西方戏剧形式。

中国古典戏曲是中华民族文化的一个重要组成部分，它以富于艺术魅力的表演形式，为历代人民群众所喜闻乐见。而且，它在世界剧坛上占有独特的位置，与古希腊悲喜剧、古印度梵剧并称世界三大古剧。古希腊戏剧随着古希腊城邦制的崩溃而消亡了，古印度梵剧也在公元10世纪左右消亡了。就目前尚存的世界各国戏剧而言，也可以说诞生于12世纪以前的中国戏剧是最早的一种。

中国戏曲起源于原始歌舞，最早可以追溯到秦汉，但形成过程则相当漫长。早在春秋时期，有的诸侯国就设有宫廷艺人，叫优，古汉语里的优、优伶和伶人就是演员的意思。有一个"优孟衣冠"的成语，就是来自于一个名叫孟的优伶的故事。现在中国已很少称演员为优了，但有时会把外国传统戏剧演员称为"优"或"伶"，如歌舞伎演员及西方歌剧演员等。日本到现在还是把演员称为优，如俳优、女优等。到汉代，产生了"百戏"一词，这是民间表演艺术的泛称，而杂技则占主要成分。

以上这些艺术表演都是有剧无曲，真正的戏曲是到了宋元之际才得以成型，元杂剧是成熟的戏曲，至明清时期达到鼎盛，历经八百多年繁盛而不衰，之后便进入现代。中国古典戏曲在其漫长的发展过程中，先后出现了宋元南戏、元代杂剧、明清传奇、清代地方戏等四种基本形式。如今全国共有360多个剧种。

宋元南戏大约产生在北宋末年和南宋初年，浙江的温州以及福建的泉州、福州一带，是成型的戏曲形态。南戏是中国的百戏之祖，之后是元代杂剧。元代杂剧也叫北曲杂剧，最早产生于金朝末年河北真定、山西平阳一带，盛行于元代，元杂剧的成熟和盛行，是中国戏曲的第一个黄金时期。元杂剧达到了很高的文学水准，以至于单从诗体而言，古人将唐诗、宋词与元曲并称。元杂剧之后，紧接着是明清传奇。明清传奇是由宋元南戏发展而成的戏曲形式，它产生于元末，在明初流传，到了明嘉靖年间兴盛，至万历年间达极盛，并延至明末清初，因其作品之多而被称为“词山曲海”。

这里有必要说一说昆曲。一般我们都说昆曲是“百戏之祖”，但推崇南戏的人极力反对这一说法，因为昆曲来源于南戏四大声腔之一的昆山腔。但这丝毫不影响昆曲在中国戏曲史上的重要地位。昆剧，也称昆曲，产生于明代嘉靖、隆庆年间的江苏昆山，迄今为止已有四百多年的历史。明清之际，它成为全国最大的剧种，主宰剧坛二百余年。我国现存历史较长的地方剧种，几乎都受过昆剧艺术的影响，因此称之为“中国戏曲之母”，它也当之无愧。

中国戏曲是在元代成型并成熟的，所以我们说中国古代戏曲，指的就是元明清戏曲。其历经元代杂剧的成熟，发展到明清时进入了繁荣鼎盛阶段，演出极为活跃，形式多种多样，剧目繁富，作家迭出，所作题材广泛，表演艺术出新，形成不同风格流派。明清两代的剧作如林,仅传奇一类,即有2600多种,而杂剧也有1800多种。明代传奇盛极一时,剧目计有700多种,优秀剧作数不胜数,最负盛名的是汤显祖的"临川四梦",也叫"玉茗堂四梦",是他创作的四部戏。因汤显祖是江西临川人,所居书斋名为玉茗堂,因此得名。四部戏包括《紫钗记》《牡丹亭》《南柯记》《邯郸记》,其中最著名的是《牡丹亭》。"临川四梦"的出现,表明中国戏曲进入了又一个黄金时代。

"临川四梦"前两个是儿女风情戏,后两个是社会风情剧。这四部传奇剧作可视为中国文学最杰出的作品,堪与屈原、李白、杜甫、苏东坡的著作相比,辉耀在世界文学之林,让后人赞赏不已。从戏曲文学及舞台演出剧本的角度而言,"临川四梦"地位之突出,艺术造诣之高,对人生处境探索之深,对角色内心刻画之细,可以说在中国昆剧传统中无与伦比,可与莎士比亚的西方戏剧相类比。"临川四梦"虽是戏曲剧本,也是汤显祖毕生思考人生现实与生命意义的结晶。其文辞优美固不必说,对人生的深刻反思亦超越了同时代的文学著作。汤显祖因此而不朽。

"临川四梦"的四个梦境千变万化总是情。汤显祖在说到他的四梦创作时曾说:"因情成梦,因梦成戏。"其实梦只是戏的表现手法,而情才是戏的理想梦境,至于情主于何,归于何,四剧各有所侧重。《南柯记》和《邯郸记》可以说是情生情幻、亦真亦假的人生梦幻路,《紫钗记》则体现出"情乃无价,钱有何用"的感人真诚。《牡丹亭》之梦，更令人感慨至深，说的是人为情而死、为情而生，做鬼也要做情鬼，生生死死，入地升天，寻寻觅觅，终于获得纯真的爱情的故事。

《牡丹亭》故事梗概　南宋时南安太守杜宝生有一女，取名丽娘，年十六岁，尚未许配。为使女儿成为知书达理的女中楷模，杜宝为她请了老秀才陈最良为师。陈最良在讲授《诗经·关雎》时惹动了丽娘的情思。伴读侍女春香偶然发现了杜府的后花园，便引领丽娘偷偷游园。久困闺房的丽娘，在大好春光的感召下，动了访春之情。丽娘回屋后做了一梦，梦见一书生手拿柳枝要她题诗，后她被书生抱到牡丹亭畔，共成云雨之欢。丽娘醒来后，恹恹思睡，第二天又去花园寻找梦境。失望之下相思成病，形容日渐消瘦。一日揽镜自照，见消瘦至极，自知时日无多，忙叫春香拿来丹青、素绢，自画春容，并题诗一首于上。她又把梦境说与春香，并让春香把画让裱画匠裱好。中秋之夜，丽娘夭逝。死前，她嘱咐春香把春容画装在紫檀木匣里，藏于花园太湖山石下，又嘱母亲把她葬在花园牡丹亭边的梅树下。这时，朝廷升杜宝为淮、扬安抚使，领兵抗金。杜宝匆匆埋葬了女儿，并造了一座梅花庵供奉丽娘神位，又嘱托石道姑和陈最良代为照料。杜宝即带夫人和春香前往淮安。因军事危急，半路上又让夫人和春香乘船回了临安。广州府秀才柳梦梅，原名柳春卿，因一天梦见一花园中一女子立在梅树下，说与他有姻缘，于是改名柳梦梅。柳梦梅去临安考试,因病寄宿梅花庵。柳病渐好时,偶游花园,恰在太湖石边拾到装有杜丽娘春容的匣子,回到书房,他把春容挂在床头前,夜夜烧香拜祝。丽娘在阴间一待就是三年,阎王查得丽娘阳寿未尽,令其自己回家。丽娘鬼魂游到梅花庵,恰遇柳生正在对着自己的真容拜求。丽娘大受感动,与柳生欢会,自称是西邻之女。他俩的夜夜说笑声,惊动了石道姑。一天夜里两人正说笑,被突然来的石道姑冲散。丽娘只得向柳生说出真情,并求柳生三天之内挖坟开棺。柳生把实情告诉了石道姑,并求她帮助。第二天,他们挖坟开棺,使丽娘还魂。道姑怕柳生与丽娘事情被发觉,当夜雇船,三人去了临安。陈最良发现丽娘坟墓被盗,忙去扬州告诉杜宝。之后杜宝招降了叛将李全,淮安围解。丽娘他们到临安后在钱塘江边住下,可是考试时间已过,多亏主考官是苗舜宾,柳生得以补考。这时因淮、扬兵事,朝廷延期放榜,丽娘让柳生先去扬州看望她父母。柳生走后不久,来临安的老夫人和春香恰与丽娘、石道姑相遇。柳生到了扬州,听说杜在淮安,又去了淮安。杜宝以为女儿已死,何来女婿,便以柳生假冒罪名,令人押往临安候审。杜宝回到临安,因军功升为宰相,陈最良升为黄门奏事官。这时榜下,柳梦梅中了状元,可是却到处找不到他。原来柳梦梅正被杜宝吊打,因为在他身上搜出了丽娘的春容,杜宝认为柳是盗墓贼。这时,苗舜宾赶到杜府,救下了柳生,并告诉杜宝,柳生考中状元。杜正气恼时,陈最良来到，说小姐确实活了，柳生就是女婿。杜认为这是鬼妖之事，便请奏皇上灭除此事。皇上让宰相、小姐、柳生、老夫人都来对证，金銮殿里，众人齐到，皇上用镜子照见人影，断定丽娘确是活人。杜宝仍硬说丽娘是鬼魂所变，后经皇上裁决才让他们父女、夫妻相认。丽娘又劝柳生拜认了岳父杜宝，全家大团圆。

《紫钗记》故事梗概　陇西才子李益，游学长安，年过弱冠，尚未娶亲，便托鲍四娘为他寻找佳配。四娘想到霍王府小娘霍小玉，年方二八，才貌俱佳，况自己又是小玉的歌舞教师，便想将小玉介绍与李。她知小玉要在元宵节观灯，便约请李益去看。元宵节这晚，李益与崔允明、韦夏卿二友同去街上观赏。小玉和母亲郑六娘、丫鬟浣纱也来观灯，忽见前面有几个秀才，急忙避让，不小心将头上佩戴的紫玉燕钗挂在梅梢，被李益捡到。小玉发觉钗子丢失，忙来寻找，两人相见。小玉已从鲍四娘处听过了李益的诗才之名，今日一见，更觉李益可爱。小玉求还玉钗，李益推说让媒人送还。第二天，鲍四娘手持紫玉钗，说李益托她来说亲，以求盟定。小玉心中暗喜，郑六娘见女儿不反对，也就应允。良辰吉日，李益从崔、韦二友处借了骏马、仆役前去与小玉拜了花烛。婚后二人情深意浓。一天，书童报说天子幸洛阳，开场选士，主仆二人立即准备行装。李益和小玉山盟海誓后暂作分别。殿试发榜，李益高中状元。由于权贵卢太尉因李益不去卢府进见而记恨，于是表荐李益去玉门关外随军参军，不得还朝。李益高中后便回长安与小玉相聚，这时使臣来报，李益只得与小玉在灞桥折柳盟誓而别，来到玉门关外。节镇刘公济是李益朋友，非常高兴李益任参军。玉门关外有小河西，大河西二国，最近因受吐蕃挟制，正准备归顺吐蕃。李益下书二国，让二国归顺，否则就兴兵诛讨。又分兵截断吐蕃西路，使得二国来降。小玉自别了李益，日思夜想。李益也日夜想念小玉，画了幅《征人闻笛望乡》托人带给小玉。卢太尉见李益因功受赏，又生一计，奏请皇上升李益为秘书郎，改任孟门参军，不准归长安，即去赴任。这次卢太尉奉命镇孟门，李到孟门后，卢又要招李为婿。李推说已有妻子而未从。卢却派人送信给小玉，说李已入赘在卢府。不久，卢与李奉命还朝，卢把李软禁在卢府。小玉接到此信，十分伤心，怨恨李益薄情，但又不信其变心。为了寻访李益的踪迹，她耗尽家资，最后还变卖了信物紫玉燕钗，恰被卢府买去。卢太尉得知此钗乃李、霍定情之物，就命堂官之妻扮作鲍四娘的姐姐鲍三娘，向李益献钗。李益见钗大惊，鲍三娘说小玉已另嫁他人，方变卖此钗。卢趁机要李益以此钗为聘娶他女儿，李益仍婉言回绝。侠士黄衫客听说李益被软禁、小玉病重的情况，于是慷然相助，他要崔、韦趁牡丹花盛开之际，假称无相禅师相请，到崇敬寺饮酒。黄衫客则持李益到霍府，使之与小玉相见，监督李益的卢府士兵亦无可奈何。李益、小玉相见后，始知一切都是卢太尉指使的。李益又拿出玉钗，两人嫌疑冰释。李益把紫玉钗给小玉戴上。黄衫客又把卢太尉专权、李益和小玉受屈一事参奏主上，最后主上降旨：加封李益为集贤殿学士和鸾台侍郎，霍小玉为太原郡夫人、郑六娘为荥阳郡太夫人。

《紫钗记》改编于唐传奇小说《霍小玉传》，但改动较大，故事情节更加曲折动人，尤其是结局由悲剧改成了大团圆。

《南柯记》故事梗概　唐代东平游侠淳于棼，武艺高强。因酒失去淮南军裨将之职，闲居扬州城外。庭前有古槐树一株，他常与豪士纵饮其下。一日，听说孝感寺中元盂兰大会，有契玄禅师讲经，便前去听经。在经堂里，淳于棼见到三个美貌女子，她们先后送给禅师金凤钗一双，通犀小盒一只。淳生看此物奇异，便与她们搭讪。其中一位说："我有妹子正在青春妙龄，这凤钗犀盒是她附寄的。"淳生听后，怦然心动。原来这三个女子并非真人，乃是蝼蚁所化，是淳家庭前槐树洞穴里蝼蚁国的国嫂灵芝夫人、国王侄女琼英和仙姑上真。她们奉了国王之命，趁孝感寺讲经，四方士子云集之机，来为国王的女儿瑶芳即金枝公主选婿。三人见淳生风流多情，回去报知国王、国母寻访此人，国王准奏。淳于棼归家后寂寥无绪，便招市井溜二、沙三饮酒，酒醉入梦。忽听车铃响，一辆四牦牛车停在榻前，两名紫衣使者扶淳上车，向古槐穴驶去。一会儿到国门，见上书"大槐安国"。淳进门下车，右相段功引他上殿见驾。在殿前遇见故友周弁、田子华。原来周、田二人分别在槐安国任司隶、赞礼。淳于棼见了国王，国王当面许婚，淳于棼做了驸马。槐安国邻国檀梦国屡犯南柯郡，而南柯郡守不理政事。国王命淳于棼接任南柯太守，让周弁、田子华分别为南柯司宪、司农，协理南柯。淳在南柯为太守二十年，政绩卓著，公主生了二男二女。南柯地方炎热，公主怕热，身体又不好，淳于棼为她在江畔造一避暑瑶台。檀梦国四太子早已垂涎公主美色，听说公主在离郡偏远的瑶台避暑，便率兵攻打瑶台。公主闻讯，一面派儿子去南柯报信，一面派人守台。太子围攻势急，叫公主上城答话。公主无奈扶病上城，被太子一箭射中头盔金凤钗。正危急之时淳驸马带兵赶到，杀退了贼兵，把公主接回南柯。右丞相段功妒忌驸马政绩，在国王面前进谗，建议招驸马还朝。国王传旨，升驸马为左丞相，即日还朝，令田子华领南柯郡事。公主因受惊吓，病情渐重，逝于还朝路上，国王赐葬于蟠龙岗。淳于棼身为左相，权贵尽与之交结。琼英郡主，灵芝夫人和上真仙姑都是无夫之女，慕淳之风流，三人日夜与之交欢。这时，国人上书国王，言有大害将临槐安国。段功趁机进谗，言一切都应在驸马身上。国王听了，即夺去淳于棼官职，令其归返故里。回去仍由两名紫衣使者送行，但乘的是秃牛单车，一失昔日荣耀。牛车载淳出了洞穴，到了家门，紫衣使者推淳于榻上，且高呼“淳于棼，快醒来。”淳于棼醒来，发现原是做了一个梦。眼前仆人在打扫院子，两位友人在一旁洗脚，落日余晖还留在墙上。这时淳把梦境讲给溜二、沙三听，又一同到槐树下察看。见树下有洞,掘之见蚁,按迹细寻,一一皆合梦境。这时,骤雨忽至,三人避雨回来,蚁儿已不知去向。淳于方悟槐国大害乃是此风雨。这天,契玄禅师广做水陆道场,淳于棼也清斋燃指,祈请亡父和妻子瑶芳升天,槐树安一国升天。这时,忽见一道金光,天门洞开,天人传报,槐安国五万户同时升天,淳于棼亡父也现身升天,段功、周弁、田子华、国王、国母、琼英、灵芝也都现身升天去了。最后瑶芳公主现身,两人诉说二十年的恩爱,淳于棼拉住公主不放,契玄禅师用无情剑将两人劈开,又让淳于棼看二十年前定情物。淳见手中的金钗原是一枝槐枝,玉盒原是一槐荚子,才悟到四大皆空,忽然双手合十不语。契玄禅师令敲动钟磬,淳于棼便立地成佛了。

《邯郸记》故事梗概　八仙之一的吕洞宾,要度一人来蓬莱山门作扫花使者。这天他过洞庭,到岳阳楼,见无人可度,便又向西北方向而去。正走时,忽见邯郸地方有仙气升腾。便转向东北,在赵州桥头落下云头。桥头有个卢姓书生,自幼读书,精读经史,但年近三十却屡试不中,这天来到桥头小店歇脚。吕见卢生相貌清奇,有仙分,觉得此人可度,于是有意到店里与卢生闲聊,店小二为他们二人煮黄粱米饭。卢生和吕洞宾谈起功名事,感叹非常,认为“大丈夫当建功树名,出将入相,列鼎而食,选声而听,宗族茂盛,方可言得意。”这时卢生瞌睡上来,吕洞宾便送一瓷枕给他。卢生见瓷枕两头空,看去里面有亮光,卢生见洞越来越大，就跳了进去。忽见前面有一条官道，走不多远，是座红粉高墙，院门大开。他进去闲走，被两个家人拿住。这时走出一位小姐，小姐姓崔，尚未婚配，便问卢生这私闯民宅是要官休还是私休。官休就是送他去清河县衙，私休就是招赘在此。于是卢生与小姐结百年之好。两人结婚不久，科考开始，小姐要卢生求取功名。卢生认为自己屡试不中，不欲前去，小姐则说她家亲戚多朝中显贵，何况又可多贿钱财，此去必中。卢生前去一试，果然因此高中状元。但考官宇文融却因卢生不贿赂他而生怒。这时圣上钦点卢生为翰林学士兼知制诰，赐宴曲江池。卢生在宴上作诗，有"天子门生带笑来"之句。考官更以为卢生气傲，不把自己当恩师，一心要寻机会报复卢生。后卢生趁掌制诰之便暗写了一道封自己夫人的制诰，此事被宇文融告发。卢生被贬任陕州知州，凿石修路开河，夫妇二人只得前去。陕州地处华阴山外，官路尽是顽石，开河工程十分艰巨。卢生用火烧、醋浇之法很快开通了河道，于是奏请皇上东游赏景。皇帝在宇文融等大臣陪同下，一路乘舟而玩，而无跋涉之苦，加之卢生治理陕州有方，皇上大悦，称许卢生开河功大。这时，边关急报，吐蕃杀过长城。宇文融又荐卢生挂帅征战，想借以害死卢生于疆场。卢生即被封御史中丞兼河西节度使，挂征西大元帅印。卢生到了河西，得知吐蕃王手下一文一武甚是厉害，文官丞相悉那罗，足智多谋。卢生用离间计，让吐蕃王疑丞相谋反而杀了悉那罗。

卢生趁机进兵，打败了武将热龙莽，驱兵千里到天山脚下，射下了热龙莽系信于雁足的那只孤雁，原来是热龙莽求卢生放他一条生路的信。卢生在天山勒石记功，奉命凯旋班师。皇上闻捷报，升卢生为定西侯，加太子太保兵部尚书同平章军国大事。就在这时，宇文融以雁足之书密奏卢私通蕃将，欲图不轨。天子不辨，即命人把卢生押云阳市斩首。崔氏携八个儿子去午门喊冤，于是皇上免卢生不死，但将其发配广南鬼门关。卢生经历千辛万苦到了鬼门关，又差点被受宇文融之命的司户害死。崔氏被打入机坊做女工，八个儿子也被逐出京城。三年以后，崔氏受尽屈辱，织成了回文绵，希望能奉给皇上。这天高力士来机坊，崔氏托他将回文绵献于御前。此时边境安定，吐蕃归降大唐，带西蕃十六国侍儿朝贺。吐蕃国侍子乃热龙莽之子，热得知卢生为那雁足之书衔冤，让儿子对唐天子将此事辩明白。恰在此时，皇上又看了崔氏的回文绵，方明白卢生之冤，立即令将宇文融问斩，命卢生回京，加封赵国公，食邑五千户，官上柱国太师，封崔氏为赵国夫人，八个儿子也都封了高官。皇上又赐御马三十匹，良田三万顷，林园二十一所，女氏二十四名，湖山楼台二十八所。卢生又做了二十多年丞相，年八十有余时因纵欲而得病，最后归天而去。崔氏的哭声和拍打声惊醒了卢生，醒来时那黄粱米饭尚未煮熟。卢生此时方知刚才一切全是美梦。吕洞宾告诉他，那些儿子都是店里鸡犬所变，崔氏是那驴子所变。卢生至此幡然醒悟，就随吕洞宾去蓬莱仙山做桃花苑的扫花使者去了。

经过明清之交的社会大动荡，戏曲又得中兴，清代传奇的佳作迭出。到康乾时期，政治清明，经济发达，昆剧演出盛极一时，但演出的剧目却多是风花雪月、才子佳人悲欢离合一类的艳情故事。这时，"南洪北孔"犹如两颗耀眼的彗星，划过长空，卓然而立，超迈群伦，成为登上传奇现实主义创作艺术巅峰的不朽的艺术典范，代表作分别是洪昇的《长生殿》和孔尚任的《桃花扇》。

《长生殿》把唐玄宗和杨贵妃的恋情同"安史之乱"的社会现实结合起来，以"垂戒来世"，寓意深刻。其排场精美谨严，堪称传奇典范，曲辞音律，亦独步一时。《长生殿》的剧情是：唐明皇继位以来，励精图治，国势强盛，但却从此寄情声色。他下旨选美，发现宫女杨玉环才貌出众，于是册封为贵妃，两人对天盟誓，并以金钗钿盒为定情之物。杨玉环被封为贵妃后，荣耀及于一门，其兄弟姊妹俱有封赏。这年春日，唐明皇与杨贵妃游幸曲江，秦、虢、韩三国夫人随驾，唐明皇因爱虢国夫人不施铅华的淡雅之美，特命她到望春宫陪宴并留宿。杨贵妃知悉后，醋性大发，言语不恭，触怒了明皇，明皇一怒之下命高力士将她送归相府。杨贵妃去后，唐明皇却坐立不安，后悔不已。高力士将此情报知贵妃，于是贵妃剪下一缕青丝，托他献给明皇，明皇见发思情，命高力士连夜将贵妃迎接回宫，两人和好如初。自此三千宠爱，集于一身。失机边将安禄山按律当斩，却因贿赂杨国忠，不但免死，反而升官，从此骄横于朝廷。唐明皇失策，竟将安禄山调任范阳（今北京市）节度使。安禄山一到范阳，就招兵买马，妄图进兵中原，夺取天下。此时，唐明皇还沉湎在声色之中。安禄山反叛，唐军节节败退。唐明皇逃往蜀中避难，行至马嵬坡时，军士哗变，杀杨国忠，更逼杨贵妃。唐明皇无奈，被迫赐杨贵妃自尽。唐明皇由此心灰意冷，传位于太子，自己当太上皇。后大将郭子仪奉旨征讨，大败安禄山，收复长安。唐明皇以太上皇身份自蜀中归来，日夜思念杨妃，于是寻访异人为杨玉环招魂，后临邛道士杨通幽奉旨做法，找到了杨玉环的幽魂。八月十五夜，杨通幽引太上皇魂魄来到月宫与杨玉环相会。玉帝传旨，让二人居忉利天宫，永为夫妇。

《长生殿》取材自唐代诗人白居易的长诗《长恨歌》和元代剧作家白朴的剧作《梧桐雨》，同是讲唐玄宗和贵妃杨玉环之间的爱情故事，但他在原来的题材上进行了发挥，演绎出两个重要的主题：一是极大地增加了当时的社会和政治方面的内容；二是改造和充实了爱情故事。《长生殿》表现了对唐玄宗和杨玉环之间爱情的同情，间接表达了对唐朝统治者的同情，还寄托了对美好爱情的向往。

《长生殿》历经十年，三易其稿。第一稿写于杭州，剧名《沉香亭》，中心是写李白的遭遇。第二稿写于移家北京之后，因友人说《沉香亭》的“排场近熟”，于是他删去李白的情节，改写为李泌辅佐肃宗中兴，更名《舞霓裳》。最后一稿，去掉李泌的情节，专写钗合情缘，以《长生殿》题名。康熙二十七年（1688 年），《长生殿》问世后引起社会轰动，其后传唱甚盛。然而可悲的是，出身钱塘望族、世代书香世宦之家的洪昇，竟因《长生殿》而获祸。

洪昇（1645—1704），字昉思，号稗畦，又号稗村、南屏樵者。清代钱塘（今浙江杭州市）人。北京国子监肄业，二十年均科举不第，白衣终身。《长生殿》问世后的第二年八月，洪昇招伶人演《长生殿》，一时名流多醵（jù，凑钱饮酒）金往观。时值孝懿皇后佟氏于前一月病逝，犹未除服，给事中黄六鸿以大不敬之罪名，上章弹劾洪昇，致使他下刑部狱，被国子监除名，革去太学生籍，与会者多人被革职。时人有"可怜一夜《长生殿》，断送功名到白头"之句。此后洪昇离开北京返乡，晚年归钱塘，生活穷困潦倒。到康熙朝时，对《长生殿》的限制逐渐放松，并有了官方的刻本。康熙四十三年，江宁织造曹寅在南京集南北名流为盛会，独让洪昇居上座，演出全部《长生殿》，历三昼夜始毕。事后洪昇自江宁返杭州途中，行经乌镇，醉酒后登舟失足落水而死。

下面我们再来说说北孔的《桃花扇》。《桃花扇》是一部宏伟的历史悲剧，它从内在情节到外在排场，无一不严谨工巧，更为难得的是其内外两层结构能够和谐统一，相互映带。作品深刻的思想主旨因为近乎完美的艺术结构得到了极好的体现，反映出孔尚任非凡的创作能力和极高的审美意识。

《桃花扇》的思想意义在于：明朝灭亡以后，孔尚任第一个以戏曲的形式，展现了明末复杂的社会矛盾和民族矛盾，评价了南明的历史，艺术地总结了这一段历史教训。《桃花扇》取得了多方面艺术成就。在戏剧结构上，孔尚任以其卓越的艺术才能和独创性，通过侯、李的爱情线索，尤其是通过象征他们爱情命运的一把扇子，把一部包括了南明兴亡史的庞大内容的戏剧情节，有机地贯穿在一起。作者以“借离合之情，写兴亡之感”的独特构思，在明代以来十分兴盛的爱情剧、时事剧的基础上另辟蹊径，成功地把爱情描写和政治斗争描写紧密结合起来，使戏剧结构具有细密、宏伟、富于独创性的特点。特别值得称道的是，作者摆脱了传统戏曲大团圆的常规套路，以张道士撕扇，侯、李出家入道的爱情悲剧，来衬托国破家亡的残酷现实，把传统的爱情剧和时事剧都上升到了一个新的高度。《桃花扇》是一部历史剧，作者以数十年的工夫探求历史真实性，达到“朝政得失，文人聚散，皆确考时地，全无假借”的程度，可以称得上是当时历史舞台的一部“信史”，它的出现，极大地发展了历史剧忠于客观史实的传统。《桃花扇》的语言既有戏剧的表演性又富于文采，达到了戏剧性与文学性的统一。作者写出了许多有强烈抒情和个性化的曲辞，又严肃详实地写好了宾白，这在古代传奇中也是罕有的。这一切使《桃花扇》成为明清传奇戏曲的压卷之作。

《桃花扇》故事梗概　明朝末年，书生侯方域来南京应试，落第不归，寓居于莫愁湖畔，参加了反对阉党的复社。经画家杨龙友的介绍，结识了秦淮名妓李香君，两人萌发爱情。订婚之日，侯方域题诗扇以赠香君。阉党余孽文人阮大铖闻讯后出重金置办妆奁，匿名送给李香君，意在拉拢复社文人侯方域。李香君义形于色，严词拒绝接收阮的馈赠。阮对此深为嫉恨，乘左良玉移兵南京之时，诬告侯方域内通左军。为了避害，侯方域只身逃离南京，投奔扬州督师史可法。崇祯皇帝在北京煤山自缢后，奸臣马士英等人在南京迎立福王朱由崧即皇帝位，建立了南明朝廷。但昏王奸臣不理朝政，并肆意迫害复社文人。马、阮等人逼迫李香君嫁给新任曹抚田仰，李香君宁死不从，以头撞柱倒地，血染侯方域所赠诗扇。杨龙友采摘花汁点染成桃花，是谓桃花扇。马、阮于赏心亭置酒赏雪，香君乘机骂筵以泄愤恨。侯方域回到南京，被阮捕获入狱。清兵南下，昏君奸臣出逃，侯方域出狱后在避难栖霞山时，与香君相遇于白云庵。这时，孔尚任最后离开了其真实的原则，虚构了《入道》一出，让张瑶星道士呵斥了在国破家亡之后重聚的男女主人公："呵呸！两个痴虫，你看国在哪里？家在哪里？君在哪里？父在哪里？偏是这点花月清根，割它不断么！"侯方域和李香君听了，"冷汗淋漓，如梦忽醒"，于是双双入道。全剧在一派悲歌声中结束。

该剧以侯方域、李香君悲欢离合的爱情故事为中心线索，展现了明末腐朽动乱的社会现实，暴露了南明小朝廷昏王奸臣的昏庸与腐败，热情歌颂了敢于和权奸做斗争的高尚气节和爱国情感。李香君是中国古典戏曲中罕见的光彩照人的妇女形象。李香君，这个温柔、美丽、多才多艺的少女，虽是秦淮歌妓，但与之交往的多是复社领袖。她有着清醒的政治头脑和爱憎分明的感情，秉性正直、善良、刚强，不贪富贵，不畏强权，深明大义，疾恶如仇。把爱情的关系和选择建立在政治的关系和选择的基础上，这是《桃花扇》在思想和艺术上取得重大突破之所在。该剧在结构艺术上的成就更为人称道，它以"一生一旦为全纲领，而南朝之治乱系焉"，终于达到"借离合之情，写兴亡之感"的创作目的。故而从思想与艺术上看，人们都把该剧当作明清传奇戏曲的压卷之作。

《桃花扇》中塑造了几个社会下层人物的形象，最突出的是妓女李香君和艺人柳敬亭、苏昆生。按照当时的等级贵贱观念，他们属于为人所不齿的倡优、贱流，但在剧中却是最高尚的人。李香君孤身处在昏君、权奸的淫威下，誓不屈节，敢于怒斥权奸害民误国。柳敬亭行侠好义，奋勇投辕下书，令手握重兵又性情暴戾的左良玉折服。《桃花扇》表现众多的人物形象都很成功，大都人各一面，性格不一，即便是同一类人也不雷同。这显示出孔尚任的艺术功底，如左良玉对崇祯皇帝无限忠心，但其骄矜跋扈，缺少谋略，轻率挥兵东下。侯方域风流倜傥，有几分纨绔气，却关心国事。同是权奸，马士英得势后横行霸道，而阮大铖则奸诈狡猾，人物性格都表现得淋漓尽致。杨龙友的形象尤其有特色，他多才多艺，八面玲珑，周旋于两种力量之间，出面为阮大铖疏通复社文人，带人抓走李香君的假母；他在马士英、阮大铖要逮捕侯方域时，又向侯方域通风报信；他趋从、奉迎马、阮，但在李香君骂筵中面临危险时，又巧言救护。诚如有批语所说："作好作恶者，皆龙友也。"

《桃花扇》是一部最接近历史真实的历史剧。孔尚任在创作中采取了忠于历史的态度，剧中绝大部分人物是真人真事，剧本所写的一年中重大历史事件甚至考证精确到某月某日。同时由于它并不是历史书籍，剧中加入了故事情节和人物感情刻画，从深度和广度反映现实，并且有很高的艺术表现力，是一部对后来影响很深的历史剧。

近代戏剧家欧阳予倩对《桃花扇》情有独钟，曾分别在话剧、京剧、电影等领域涉猎这一题材。抗日战争时期，他改编这部剧本，将结尾改成侯方域剃发留辫，改换清服入仕，找到李香君后，李香君愤而与其断交，以讽喻当时的卖国汉奸汪精卫之流。以后的剧作中，欧阳予倩版的结尾广为流传。1963 年，西安电影制片厂摄制了同名电影，著名电影表演艺术家王丹凤、冯喆担任主演。结尾仍然是几经反乱后，李香君见到已经变节投清侯朝宗时，严词斥责，然后撕碎桃花扇，悲愤地转身离去，入庵隐居。

《桃花扇》的作者孔尚任(1648—1718)，字聘之，又字季重，号东塘，别号岸堂，自称云亭山人。山东曲阜人，孔子六十四代孙。他的一生大概可以分为三个阶段。37 岁前，他过着养亲、读书的生活。他接触了一些南明遗民，了解到许多南明王朝兴亡的第一手史料和李香君的轶事，开始了《桃花扇》的构思和试笔。1684 年康熙南巡北归，特至曲阜祭孔，37 岁的孔尚任在御前讲经，颇得康熙赏识，破格授为国子博士，赴京就任。39 岁奉命赴江南治水，历时四载。这个时期，他踏遍南明故地，又与一大批有民族气节的明代遗民结为知交，加深了对南明兴亡历史的认识。他积极收集素材，丰富了创作《桃花扇》的构思。康熙二十九年（1690 年），孔尚任奉调回京，历任国子监博士、户部主事、广东司外郎。经过毕生努力，三易其稿，康熙三十八年，52 岁的孔尚任，终于写成了《桃花扇》。一时洛阳纸贵，不仅在北京频繁演出，“岁无虚日”，就连偏远的万山阻绝的楚地也演出《桃花扇》。次年三月，孔尚任被免职。根据有关诗文分析，可能是因创作《桃花扇》而得祸。罢官后，孔尚任在京赋闲两年多，接着回乡隐居，直至七十岁与世长辞。

补白　李香君和侯朝宗与柳如是和钱谦益之比较

说了《桃花扇》，自然让我联想到柳如是和钱谦益的事，因为这两对实在是太像了，但他们的行为却大相径庭。

柳如是和李香君同为秦淮八艳。明末清初，南京秦淮河上有八个南曲名妓，人称“金陵八艳”或“秦淮八艳”，依次是柳如是、顾横波、马湘兰、陈圆圆、寇白门、卞玉京、李香君、董小宛。除马湘兰外，其他人都经历了由明到清的改朝换代大动乱。与明朝那些贪生怕死、卖国求荣的官员相比，她们在国家存亡的危难时刻，却能表现出崇高的民族气节。

柳如是本名杨爱，因读辛弃疾词“我见青山多妩媚，料青山见我应如是”，故改名柳隐，自号如是，小字蘼芜。柳如是是嘉兴人，自幼聪慧好学，但由于家贫，从小就被卖到吴江为婢，妙龄时坠入青楼，乱世风尘中往来于江浙金陵之间。她美艳绝代，才气过人，遂成秦淮名姬。柳如是不但娇媚绝色，长袖善舞，而且在音律、绘画、书法、诗词诸方面都颇负盛名，有人赞赏她的尺牍是“艳过六朝，情深班蔡”，绘画是“娴熟简约，清丽有致”，书法是“铁腕怀银钩，曾将妙踪收”，因此柳如是位列八艳之冠。由于柳如是气质高雅，才色并茂，当时有不少公子文人纷纷求婚，但她虽然身处青楼，择婿要求却很高，许多名士只能与她保持普通朋友的关系。16 岁时她喜欢上了松江举人、复社领袖陈子龙，两人情投意合，过了一段男欢女爱的甜蜜生活。可是由于陈妻张氏不能相容，柳最后只得离去。崇祯十一年(1638 年)初冬，56 岁的礼部侍郎钱谦益因贿赂上司之事被朝廷免去了官职，贬回原籍常熟。他前往西湖荡舟闲游，休息时就到杭州名妓草衣道人家中。此时，20 岁的柳如是也客居杭州，在草衣道人的撮合下，两人相识。柳如是十分崇拜钱谦益的才学。明崇祯十三年冬，柳如是来到常熟，上门拜望钱谦益。由于她身穿蓝缎儒衫，青巾束发，一副书生打扮，钱谦益只觉似曾相识，一时没有认出。柳如是轻声吟诗介绍自己："草衣家住断桥东，好句清如湖上风；近日西泠夸柳隐，桃花得气美人中。"二人大笑，于是柳如是住进了钱谦益的"半野堂"。从那时起，钱谦益将柳如是比作卓文君，而柳把钱比作"才高博洽""博通经籍"的东汉大才子马融，说"天下惟虞山钱学士始可言才，我非才如学士者不嫁。"此时丧偶的钱答道："天下有怜才如此女子者耶，我亦非才如柳者不娶。"第二年夏天（崇祯十四年），23 岁的柳如是嫁给了 59 岁的东林领袖、文名颇著的大官僚钱谦益。钱氏娶柳后，为她在虞山盖了壮观华丽的"绛云楼"和"红豆馆"。有的红学者认为，《红楼梦》里的绛云轩，就是来自柳氏的绛云楼。当崇祯皇帝自缢煤山，清军占领北京后，南京建成了南明弘光小朝廷，柳如是支持钱谦益当了南明的礼部尚书。不久清军南下，兵临南京城下时，柳劝钱与其一起投水殉国。两人驾舟湖中，幽幽地饮完一壶酒后，柳如是站起身，拉着钱谦益的手说："我们去吧！"钱谦益猛地惊醒过来，伸手到船外搅了搅水，抬头说："今夜水太凉，老夫体弱，不堪寒凉，我们改日吧？"柳如是知他难舍此生，就自己"奋身欲沉池水中"，却被钱谦益拽住了。后来钱谦益率诸大臣在滂沱大雨中打开城门，向清军统帅豫王多铎投降。多铎下令剃头，众人都气愤难忍，这时只听钱谦益说道："头皮好痒。"然后起身离去。人们以为他是去篦头，不一会却见他剃去头发，编好辫子走了进来。当时有人写诗讽刺他说"钱公出处好胸襟，山斗才名天下闻。国破从新朝北阙，官高依旧老东林。"投清后他以礼部侍郎管秘书院事的身份任《明史》馆副总裁。柳如是没有随他去，留居南京。进退失据的钱谦益为前朝人嘲笑为"两朝领袖"，就连清朝人也瞧不起他，乾隆皇帝将他列为贰臣之首，称他孟八郎（禅林用语，指不依道理行事者。孟，孟浪；八郎，乃排行之次序），并写诗挖苦他：

平生谈节义，两姓事君王，进退都无据，文章那有光。
真堪覆酒瓮，屡见咏香囊，末路逃禅去，原是孟八郎。

钱谦益投清后又想反清，顺治四年（1647 年）因江阴黄毓祺起义案牵连被捕入狱。柳如是四处奔走，救出了钱谦益，从此后他息影居家。康熙三年（1664 年），83 岁的钱谦益在杭州病故，葬于虞山南麓。34 天后，乡里族人聚众欲夺其房产，柳如是吮血立下遗嘱，然后自缢身亡，年仅 46 岁。

从以上我们可以看出，这两对人物人格的悬殊太大了。先说两个女人。柳如是和李香君同是秦淮名姬，柳的名气更大，虽然她也有气节和正义感，但她与阉党余孽阮大铖关系密切，并通过他为钱谦益在南明小朝廷谋就了礼部尚书的职位。与李香君相比,她的品行稍差一些。再说钱谦益。在明末清初的政治舞台上,钱谦益可是一个颇有影响的人物。他是万历三十八年(1610年)进士,在明朝为官长达35年的时间。他还因出色的文才,被视为文坛巨擘,江左三大家之一。更重要的是,他曾经参与了东林党人反对魏忠贤阉党的活动,被视为士林领袖之一,德高望重。众人以为,只要明朝一灭亡,钱谦益不是抵抗而死,就是毅然殉国,谁知他却率众投降了。更让人不齿的是,当人们指责他大节有亏时,他竟然颠倒黑白,把责任全推给了小老婆:"我本欲殉国,奈小妾不与可?"三百多年后的大学者陈寅恪实在看不下去了,在晚年双目失明后,还不辞辛苦,写了40多万字的《柳如是别传》,为柳如是辩护。同样是东林党人,同样是知识分子,同样是明朝旧臣,被尊为"明末四公子"之一的侯朝宗就有气节得多,终生没有在清朝为官。

由此,《桃花扇》的思想内涵,孔尚任的气节,至今为人们所称道。

第五讲

塑造人物　叙述故事　反映生活

——谈中国古典小说

小说是文学的一种样式,是描写人物故事、塑造多种多样人物形象,同时拥有完整布局、发展及主题的文学作品。小说一词,最早出现于《庄子·外篇》中,“饰小说以干县令,其于大达矣”。这里所说的小说是贬义词,是指卑微琐屑的言谈。后来成了专用名词,成了影响人们生活的一种文学体裁。

中国古典小说经过几千年的发展历程,取得了辉煌的成就,到明清时期达到了高峰,产生了《三国演义》《水浒传》《西游记》《红楼梦》等经典作品。

中国古典小说的发展经历了萌芽期、成长期、成熟期、发展期和高峰期五个阶段。

一、萌　芽　期

上古到先秦两汉是小说的萌芽期。这时期虽然没有严格意义上的小说出现，但在古代神话传说、寓言故事、史传文学、野史杂传和诗歌作品中描写的人和事，有着小说的雏形，促成了小说的孕育和形成。这一漫长时期的文学作品极其丰富，其文学特点是具有创造性、综合性和实用性。在众多的神话传说中，有很多奇特的故事，含有大量的小说素材，如先秦重要古籍《山海经》里记载了一些神话寓言故事，包括夸父逐日、女娲补天、精卫填海、大禹治水、后羿射日等；道家的经典代表作《淮南子》在阐明哲理时，旁涉奇物异类、鬼神灵怪，保存了一部分像共工怒触不周山、嫦娥奔月等古代神话和塞翁失马等寓言故事。再比如在《史记》《左传》《汉书》等史书里，叙事时故事情节曲折，写人时人物形象生动，说理议论时多具象化，采用寓言、比喻、白描、夸张、铺排等多种形式，有较强的感染力和说服力，像“霸王别姬”“赵氏孤儿”等故事，极具小说的特点；《三国志》里的人和事，为罗贯中写《三国演义》提供了丰富的素材。下面介绍几个小故事。

精卫填海　炎帝有一个善良、可爱的小女儿，名字叫精卫。她从小就有一个梦想，希望见到无边的大海。小女孩一天天长大，终于在她认为自己有能力找到大海的时候，悄悄地离开了部落，最终找到了大海。她为大海的伟大而陶醉，正当她奔向大海的时候，大海卷着巨浪奔向精卫，最后把精卫带走了，带着她离开了这个世界。精卫的灵魂因为愤怒而化作一只青鸟，为了报复，她决定把大海填平，于是就夜以继日地含着西山的石头去填海。

女娲补天　共工撞翻不周山，洞开天门的事被女娲测算到后，便从九重天下凡去制止来自天门的洪水。女娲四处收集五色石，再以五色石炼制成补天石，用补天石将天门补上。

后羿射日　尧帝在位时，天下大旱，因为天上有十个太阳。后羿有一把威力无限的巨弓，他在弓上注入法力，然后携弓登上高山，以自己的法力凝聚成无形之箭，引弓射日。他本想把十个太阳全射下来，但想到如果将太阳全都射下来，大地将陷入无止境的黑暗，所以便留了一个太阳在天上。

二、成　长　期

魏晋南北朝是中国小说的成长期。这一时期，出现了志人志怪小说，这类小说主要是记述社会名人的奇闻轶事或传说中鬼怪神仙的一些作品。它们虽然没有作为一种正式的文体登上文坛，在情节结构上还比较简单、粗略，人物形象还不够丰满，但在篇幅上打破了以往残丛小语的结构而有所加长，人物性格塑造得比较鲜明，作品数量也相当可观，这为后代戏剧、小说提供了丰富的素材，积累了创作经验。这类小说的代表作是干宝的《搜神记》和刘义庆的《世说新语》。

魏晋南北朝是中国历史上一个战争频繁、社会动乱的时期。阶级矛盾、民族矛盾、统治阶级内部矛盾错综复杂，斗争十分尖锐。统治者、贵族及一些世族文人面对社会现实尖锐的矛盾无力解决，便产生了精神空虚、生命无常的思想情绪，加上佛教、道教、鬼神迷信思想的广泛传播，人们多信神仙道术以得到精神上的解脱。因而记载神鬼仙怪、奇闻轶事的志怪小说得到广泛的流行。下层劳动人民为了逃避战乱，摆脱贫穷，也常常把寻求安宁、追求幸福的愿望，甚至与统治者进行斗争和反抗的意识，借助于神鬼故事曲折地表现出来，这对志怪小说的兴盛具有重要意义。干宝的《搜神记》是志怪小说的代表作。

干宝，字令升，生卒年不详，河南新蔡人。他勤学多才，博览群书。东晋元帝时，以著作郎身份领修国史，著《晋记》。他“性好阴阳数术”，迷信鬼神。他的《搜神记》是记录先秦两汉以来的神话传说、寓言故事而又有所发展的一部志怪小说集。现在的流传本是由后人辑录而成的，共 20 卷，收集神鬼灵异故事 464 则。该书内容十分驳杂，不少作品或讲神灵仙术，或谈鬼妖神魔，或夸佛教灵异，或言方丈仙士，其目的是证实幽冥世界有鬼神，宣扬封建迷信思想，进行唯心主义说教，即所谓“明神道之不诬”。书中一些优秀故事，虽然带有神异色彩，却能反映出当时的社会现实。文中借用离奇的情节、荒诞的故事，曲折而有力地揭露了统治者凶恶残暴的罪行，表现了人民的反抗精神和美好愿望。其中有大家比较熟悉的《干将莫邪》《董永》《李寄》《韩凭夫妇》《吴王小女》等。

《干将莫邪》故事梗概　干将、莫邪夫妇二人给楚王铸剑，三年才铸成雌雄二柄。剑铸成后，丈夫对妻子说："我给楚王铸剑，一定会被杀掉。你现在怀有身孕，快生产了，生下的孩子如是男的，长大后你告诉他，让他为父报仇。出房看南山，有棵松树长在石上，剑就藏在它的背面。"于是干将拿着雌剑去见楚王。楚王知道剑本是一雄一雌两柄，今只见雌剑不见雄剑，于是楚王发怒，把干将杀了。莫邪生下的儿子叫赤，长大后母亲告诉了他父亲铸剑被杀的事。儿子在南山松树下得到雄剑，筹划着找楚王报仇。这期间楚王梦见一个男子，眉间阔约一尺（许多古籍据此把他的名字叫眉间尺，鲁迅根据这个传说写了篇小说，初名叫《眉间尺》，后改名《铸剑》，收录在他的《故事新编》里），要找他报仇，于是楚王悬千金重赏捉拿。赤听说后，逃进深山悲哭，遇见一位侠客，侠客问其原因。赤说我是干将莫邪的儿子，楚王杀了我的父亲，我也要杀死楚王。侠客说，楚王防卫甚严，你无法接近他，把你的脑袋和剑都交给我，我来替你报仇。赤于是自刎，双手捧着脑袋和剑，一并奉上，尸体却僵立不倒。侠客说我绝不会辜负你，尸体才扑倒。侠客提着赤的脑袋去见楚王，楚王很高兴。侠客说，这青年人的头应当用汤锅煮。楚王照办，但三天三夜没煮烂，头还跳出汤锅，瞪着眼睛。侠客说，请大王亲自到锅边一看,这青年人的头就会煮烂。于是楚王走近锅边去看,侠客趁机用剑砍下楚王的头,楚王的头掉进了汤锅,侠客也把自己的头砍了掉进汤锅。后来三个脑袋都煮烂了,没法分辨,只好把肉汤分成三份埋葬,统称"三王墓"。如今这墓的遗迹在汝南北宜春县境内。干将莫邪的传说在别的书中也有记载,但说他们是吴国苏州人,是为吴王铸剑。现在的苏州有干将路和莫邪路,就是纪念这两位名人的。在浙江省德清县境内,有一处风景名胜"莫干山",是著名的度假休闲旅游及避暑胜地,国家重点风景名胜区。相传春秋末年,吴王阖闾派干将、莫邪在此铸成雌雄双剑,因而得名莫干山,并享有"江南第一山"的美誉。

补白　冶父山

说到干将莫邪,就不能不说欧冶子。欧冶子是越国人,是我国古代铸剑的鼻祖,被尊为冶父。干将是他的徒弟,莫邪是他的女儿,他把莫邪嫁给了干将,因而成了干将的岳父。欧冶子铸造了一系列赫赫名剑,冠绝华夏。相传欧冶子为楚王铸剑,历时两年,首次铸出了铜铁合金的三把绝世宝剑,分别叫做"龙渊""泰阿""工布"。欧冶子为越王勾践铸剑,因天之精神,悉其伎巧,造大刑三、小刑二共五剑,一曰湛卢,二曰纯钧,三曰胜邪,四曰鱼肠,五曰巨阙,都是绝品。而且这些剑的铸造都有传奇故事,尤以湛卢剑最为有名,称为"天下第一剑",连带着湛卢山(今福建松溪县)因此被称为“天下第一剑山”。1965 年,在湖北江陵出土了越王勾践剑,该剑出土时依然完好如新,锋刃锐利。

合肥庐江县的冶父山就因为欧冶子曾在此铸剑而得名。相传那把龙渊剑就是在冶父山铸就的。冶父山伏虎寺东北石阶路一侧,有一个叫“龙泉”的泉水,欧冶子铸剑后用龙泉水淬火,故取剑名为“龙泉剑”,后演变为“龙渊剑”。后人将龙泉改称为“铸剑池”,现山上还存有铸剑池古迹。铸剑池西北 20 米处有二巨石相合,如双掌合十,十指向天,称“合掌石”。传说欧冶子当年铸成宝剑,为试剑锋,对此石用力一劈,剑过石开,故又称“试剑石”。

《董永》故事梗概　董永是汉朝千乘人。他年少时死了母亲,和父亲相依为命。后来父亲死了,他没钱安葬父亲,就卖身为奴,用卖身的钱去置办丧事。主人见他贤德,就给了他一万钱,而且让他自由。董永回家行完了三年守丧之礼后,要回到主人家,再去做奴仆。在路上碰见一个女子,女子对他说:“我愿意做你的妻子。”于是董永和她一起到主人家去。董永对主人说:“蒙您的恩惠,使我父得以安葬。我虽然是穷人,但一定要勤劳服侍您,尽心尽力报答您的大德。”主人问:“这女子会做什么?”董永说:“会织布。”主人说:“让你的妻子替我织一百匹细绢就行了。”于是,董永的妻子给主人家织绢,十天就织完了一百匹。离开主人家后,女子对董永说:“我是天上的织女。因为你孝顺,天帝让我帮助你偿还债务。”说完后升空而去。今湖北的孝感市就因流传董永卖身葬父的故事而得名。

志人小说是魏晋南北朝小说的一类，主要记述人物的逸闻琐事及言谈举止，某种程度上反映了当时社会政治的面貌，是魏晋以来门阀世族崇尚清谈的结果。《世说新语》是志人小说的代表作，其撰者刘义庆是宋武帝刘裕的侄子，他“招聚文学之士，近远必至”。于是成书于众人之手。《世说新语》共三卷，分《德行》《言语》等三十六篇，记汉末到东晋名士们的遗闻逸事（只有几条是西汉事），尤其是详细记载了王、谢、顾、郗、桓等几个大的士族的言行。《世说新语》保存了从汉至晋有关社会政治、思想、宗教、文化，以及上层社会生活方式、风俗习惯等各方面的资料，很有价值。其文学价值在志人小说中也是最高的。《世说新语》一书篇幅短小，多是一些有趣的小故事。它善于叙事，语言简约含蓄、隽永传神，往往只需寥寥数语便能交代一个过程；它善于刻画人物，往往只需只言片语或一二举动，便生动地表现了人物的性格特征及其精神世界。明代的胡应麟称赞说：“读其语言，晋人面目气韵，恍然生动，而简约玄澹，真致不穷。”下面介绍几则小故事。

故事一：钟会妙答嵇康　钟士季精有才理，先不识嵇康。钟要于时贤隽之士，俱往寻康。康方大树下锻，向子期为佐鼓排。康扬槌不辍，旁若无人，移时不交一言。钟起去，康曰：“何所闻而来？何所见而去”？钟曰：“闻所闻而来，见所见而去。”

译文：钟士季有精深的才思，先前不认识嵇康；他邀请当时一些才德出众的人士一起去寻访嵇康。碰上嵇康正在大树下打铁，给子期打下手拉风箱。嵇康继续挥动铁槌，没有停下，旁若无人，过了好一会也不和钟士季说一句话。钟士季起身要走，嵇康才问他：“听到了什么才来的？看到了什么而走的？”钟士季说：“听到了所听到的才来，看到了所看到的才走 。”这一段文字把钟会对嵇康既仰慕又畏惧的心理，以及嵇康简傲的态度，刻画得入木三分。

故事二：顾和搏虱　顾和始为扬州从事，月旦当朝。未入顷，停车州门外。周顗(yǐ)诣丞相，历和车边，和觅虱夷然不动。周既过反还，指顾心曰：“此中何所有？”顾搏虱如故，徐应曰：“此中最是难测地。”周侯既入，语丞相曰：“卿州吏中有一令仆才。”

译文：顾和当初任扬州州府从事的时候，到每月初一该晋见长官。一次他没进府前，暂时在州府门外停下车。这时，武城侯周顗也到丞相王导那里去，从顾和的车子旁边经过。顾和正在抓虱子，安闲自在，没有理他。周顗已经过去了，又折回来，指着顾和的胸口问道：“这里面装些什么？”顾和照样在掐虱子，慢吞吞地回答说：“这里面是最难捉摸的地方。”周顗进府后，告诉王导说：“你的下属里有一个可做尚书令或仆射的人才。”

故事三：小儿陈元方　陈太丘与友期行，期日中，过中不至，太丘舍去。去后乃至。元方时年七岁,门外戏。客问元方:“尊君在不?”答曰:“待君久不至,已去。”友人便怒曰:“非人哉!与人期行,相委而去。”元方曰:“君与家君期日中,日中不至,则是无信;对子骂父,则是无礼。”友人惭,下车引之。元方入门,不顾。

译文:陈太丘跟一个朋友约定一同出门,约好正午。正午已过,不见那朋友来,太丘不再等候就走了。太丘走后,那人才来。太丘的长子陈元方那年七岁,当时正在门外玩耍。那人便问元方:“你爸爸在家吗?”元方答道:“等你好久都不来,他已经走了。”那人便发起脾气来,骂道:“真不是东西!跟别人约好一块儿走,却把别人丢下,自个儿走了。”元方说:“您跟我爸爸约好正午一同出发,您正午未到,就是不讲信用;对人家儿子骂他的父亲,就是失礼。”那人感到惭愧,便从车里下来,想跟元方握手,但元方头也不回地走进了自家的大门。

故事四:雪夜访戴　王子猷(徽之)居山阴,夜大雪,眠觉,开室命酌酒,四望皎然。因起彷徨,咏左思招隐诗。忽忆戴安道。时戴在剡,即便夜乘小舟就之。经宿方至,造门不前而返。人问其故,王曰:“吾本乘兴而行,兴尽而返,何必见戴?”

译文:王子猷居住在山阴,一天夜里下大雪,他从睡眠中醒来,打开窗户,命仆人斟上酒。四处望去,只见一片洁白银亮,于是起身,慢步徘徊,吟诵着左思的《招隐诗》。忽然间想到了好朋友戴逵。当时,戴逵远在曹娥江上游的剡县,王子猷便即刻连夜乘小船前往。经过一夜才到,但他到了戴逵家门前却转身返回。有人问他为什么这样,王子猷说:“我本来是乘着兴致前往,兴致已尽,自然返回,为何一定要见戴逵呢?”

王子猷,即王徽之,字子猷,王羲之的第五个儿子。他的另一则故事也很出名,同样出自《世说新语》:王子猷尝暂寄人空宅住,便令种竹。或问:“暂住何烦尔?”王啸咏良久,直指竹曰:“何可一日无此君?”

故事五:曹操当捉刀人　魏武帝将见匈奴使,自以形陋,不足雄远国,使崔季珪(崔琰)代,帝自捉刀立床头。既毕,令间谍问曰:“魏王何如?”匈奴使答曰:“魏王雅望非常,然床头捉刀人,此乃英雄也。”魏武闻之,追杀此使。

译文:武帝将要会见匈奴使臣,认为自己形象丑陋,不能够威慑远方的国家,就让崔季珪代替他,武帝则举着刀站在床边。见面完毕以后,武帝让间谍问匈奴使臣:“魏王怎么样?”使臣回答:“魏王风雅威望不同常人,但床边举着刀的那个人,才是真英雄。”魏武帝听到之后,派人追杀这个使臣。

故事六:谢道韫咏雪　谢太傅寒雪日内集,与儿女讲论文义。俄而雪骤,公欣然曰:“白雪纷纷何所似?”兄子胡儿曰:“撒盐空中差可拟。”兄女曰:“未若柳絮因风起。”公大笑乐。即公大兄无奕女,左将军王凝之妻也。

译文：一个寒冷的雪天，谢安谢太傅把家人聚会在一起，跟子侄辈们谈论诗文。忽然间，雪下得大了，太傅高兴地说："这纷纷扬扬的大雪像什么呢?"他哥哥的长子胡儿说："跟把盐撒在空中差不多。"他哥哥的女儿谢道韫说："不如把它比作风把柳絮吹得满天飞舞。"太傅高兴得笑了起来。道韫是太傅大哥谢无奕的女儿、左将军王凝之的妻子。

故事七：王石争豪　石崇与王恺争豪，并穷绮丽以饰舆服。武帝，恺之甥也，每助恺。尝以一珊瑚树高二尺许赐恺，枝柯扶疏，世罕其比。恺以示崇。崇视讫，以铁如意击之，应手而碎。恺既惋惜，又以为疾己之宝，声色甚厉。崇曰："不足恨，今还卿。"乃命左右悉取珊瑚树，有三尺四尺，条干绝世，光彩溢目者六七枚，如恺者甚众。恺惘然自失。

译文：石崇和王恺争比阔绰，互不示弱。晋武帝是王恺的外甥，常常资助王恺。他曾把一棵二尺来高的珊瑚树送与王恺。这棵珊瑚树枝条葳蕤，相映成趣，世上少有能与之相比的。王恺拿来给石崇看，自鸣得意，谁知石崇看后，就用铁如意把它敲碎了。王恺非常惋惜，又觉得石崇在妒忌他，一时声色俱厉骂起来。石崇说："不值得遗憾，现在就赔给你。"于是叫下人把家里的珊瑚树尽数取出，不乏三尺、四尺高的，树干、枝条举世无双且光彩夺目，像王恺那样的就更多了。王恺看了，惘然若失。

故事八：许允妇临乱不惊　许允为吏部郎，多用其乡里，魏明帝遣虎贲收之。其妇出戒允曰:“明主可以理夺,难以情求。”既至,帝核问之,允对曰:“举尔所知,臣之乡人,臣所知也。陛下检校,为称职与不?如不称职,臣受其罪。”既检校,皆官得其人,于是乃释。允衣服败坏,诏赐新衣。初允被收,举家号哭。阮新妇自若,云:“勿忧,寻还。”作粟粥待。顷之,允至。

译文:许允任吏部郎,所任用的地方官吏比如郡守,都是他的同乡,于是魏明帝派人把他抓起来。武士带走许允的时候,许允妇追出来,告诉许允说:明君可以用道理去说服,不能求情。等到明帝审问许允用人之事,许允答道:“为国选才,一定要了解他们。臣的同乡,是臣了解的人,陛下可以考察他们是否称职,如果不称职,臣愿领罪。”考察的结果,许允任用的同乡都称职,于是明帝放了他。见许允的衣服破烂不堪,帝下诏赐予他新的衣服。先前许允被抓后,家人都在哭泣,而许允妇说:“不要紧,他很快就会回来的。”然后煮了小米粥等许允回来,果然没过多久,许允就回来了(注:许允妇为四大丑女之一)。

《世说新语》是中国最早的小说,刘义庆开创了中国小说界的先河,为小说的创作做出了巨大的贡献。《世说新语》是记叙逸闻隽语笔记体小说的先驱,也是后来小品文的典范,对后世文学有深远的影响,如“文革”后出现的一些具有讽刺意味的小品文,就被称为“新世说”。另外,这部书语言精练,寓意深刻,有许多广泛应用的成语便出自此书,如:难兄难弟、拾人牙慧、咄咄怪事、一往情深、卿卿我我等。

《世说新语》还为我们记录了一个社会现象——魏晋风度。魏晋是一个动乱的年代，也是一个思想活跃的时代。新兴门阀士大夫阶层的社会生存处境极为险恶，而其人格思想行为又极为自信风流潇洒、不滞于物、不拘礼节。士人们多特立独行，又颇喜雅集。他们在生活上不拘礼法，常聚于林中喝酒纵歌，清静无为，洒脱倜傥，其所代表的"魏晋风度"（或称"魏晋风骨"）得到后来许多知识分子的赞赏。在他们看来，这是一种真正的名士风范，即所谓真名士自风流，由正始才俊何晏到竹林七贤，到中朝隽秀王衍，到江左领袖王导、谢安等等，莫不清峻通脱，表现出一派"烟云水气"而又"风流自赏"的气度，几追仙姿，为后世景仰。

三、成　熟　期

唐代是中国古典小说的成熟期。中国小说在魏晋南北朝时处于初级阶段，当时大量的作品是记述神灵鬼怪的志怪小说，少数记人与事的小说如《世说新语》，多记上层人士的谈吐和轶事。这些小说，大抵篇幅短小，文笔简约，缺少具体的描绘。唐代在以前志人与志怪小说相结合的基础上兴起了一种小说式样——传奇。唐代传奇除部分记述神灵鬼怪外，大量记载人间各种世态，人物有上层的，也有下层的，反映面较过去更为广阔，生活气息也较为浓厚。在艺术形式上，传奇的篇幅加长了，叙述婉转，文辞华艳，与六朝小说的粗陈梗概相比，有了很大的进步，部分作品还塑造了许多鲜明动人的人物形象。唐代传奇的出现，标志着中国古代小说的成熟。

唐传奇是指唐代的文言短篇小说，内容多记述奇闻轶事，或称为唐代传奇。说到“传奇”一词的由来，是因为唐朝末年裴铏著了三卷短篇故事集，书名叫《传奇》，后来宋人就把感发悲喜的情态之文称为“传奇体”，再后来就把类似于《传奇》的短篇小说一律称为“传奇”，于是传奇由书名转为文体名。

唐传奇历经前期、中期和后期三个阶段。初唐至盛唐时代为它的发展初期，也是由六朝志怪到成熟的唐传奇之间的一个过渡阶段，其间作品数量少，表现手法上也不够成熟，其中比较著名的是段成式的笔记小说集《酉阳杂俎》。中唐时代是传奇发展的中期，也是唐传奇的繁荣阶段，作品多，名家也多，一些优秀的单篇传奇，几乎都产生在这一时期。唐传奇在晚唐时代开始退潮，出现了由盛转衰的局面。后期单篇传奇现存很少，传奇专集则大量出现。

中唐时期的传奇可以说是蔚为大观，名家名作几乎都产生在这个时期。神怪类传奇小说比较出名的有《柳毅传》《离魂记》《南柯太守传》和《枕中记》等四篇。李朝威的《柳毅传》，说的是洞庭龙女远嫁泾川,受其夫泾阳君与公婆虐待,幸遇书生柳毅,为她传家书至洞庭龙宫,其叔父钱塘君将其营救。回归洞庭后,钱塘君即令柳毅与龙女成婚。柳毅因传信乃急人之难,本无私心,且不满钱塘君之蛮横,故而严词拒绝,告辞而去。但龙女对柳毅已生爱慕之心,自誓非柳毅不嫁,几经曲折后二人终成眷属。该传奇富于想象,情节离奇曲折,而又结构谨严。本篇故事人物性格鲜明,柳毅的正直磊落、龙女的一往情深、钱塘君的刚直暴烈,刻画得颇为传神。加上它铺叙细致,文辞华艳,其中对龙女和柳毅的心理描写尤其细致真切,实为唐传奇中的杰作。后来,该故事被改编为戏曲《柳毅传书》,成为人们熟知的经典剧目。

陈玄祐的《离魂记》写张倩娘与表兄王宙从小相爱,倩娘父张镒说将来当以倩娘嫁王宙。但二人成年后,张镒竟将倩娘另许他人。倩娘因此抑郁成病,王宙也托故赴长安,与倩娘诀别。不料倩娘半夜追来船上,与王宙一起出走蜀地,同居五年,生有二子。后倩娘思念父母,与王宙回家探望。王宙先至张家说明倩娘私奔一事,始知倩娘一直卧病在家,出奔的是倩娘的离魂。至此,两个倩娘相会,即合为一体。这篇传奇,宋代人将其改编为话本,金代人编为诸宫调。元代郑光祖改编为杂剧《倩女离魂》。

李公佐《南柯太守传》的剧情:东平人淳于棼一天在古槐树

下醉倒，接着梦见自己变成大槐国的驸马，任南柯太守二十年，与金枝公主生了五男二女，荣耀一时。后来因与檀萝国交战，吃了败仗，金枝公主亦病死，最后他被遣发回家，沿途破车惰卒，梦突惊醒，醒来后发现"槐安国"和"檀萝国"竟都是蚁穴，历历如现。明代汤显祖将其改编为戏曲《南柯记》。

沈既济的《枕中记》故事：唐开元七年，卢生郁郁不得志，骑着青驹穿着短衣进京赶考，结果功名不就，垂头丧气。一天，旅途中经过邯郸，在客店里遇见道士吕翁，卢生自叹贫困，而后犯困，于是道士拿出一个瓷枕头让他枕上。卢生倚枕而卧，很快入梦，梦中娶了美丽温柔的清河崔氏女为妻，后中了进士，升为陕州牧、京兆尹，最后荣升为户部尚书兼御史大夫、中书令，封燕国公。五个孩子也都高官厚禄，嫁娶高门。卢生儿孙满堂，享尽荣华富贵，80 岁病死。断气时，卢生一惊而醒，坐起一看，一切如故，吕翁仍坐在旁边，店主人蒸的黄粱饭还没熟！元代马致远将这个故事改编为杂剧《黄粱梦》，明代剧作家汤显祖据此创作了戏曲《邯郸记》。爱情类的传奇有白行简的《李娃传》和蒋防的《霍小玉传》等名篇。《李娃传》又名《汧(qiān)国夫人传》，写荥阳大族公子郑生赴京应试，在长安与名妓李娃热恋，一年后耗尽钱财，被鸨母骗出倡家，其父发现后几乎将他鞭打至死。这之后郑生流落街头，以乞讨度日，幸得李娃救护，并督促他发愤用功读书，后应试得中。于是其父回心转意，接受儿子娶李娃为媳。

李娃嫁过来之后，遵守妇道，治家严谨，很受公婆喜爱。公子父母亡故后，她依礼尽心守孝，竟然有灵芝长在她守孝的草庐边，一个花穗开三朵花。又有几十只白燕子，在她屋脊上筑巢。当地长官把这事上奏皇帝，皇帝感到惊奇，给了很高的赏赐。守孝期满后，公子连连升迁，十年中做过好几个郡的长官，李娃也被封为汧国夫人。他们生了四个儿子，都做了大官，四人的婚娶对象都来自门第最高的人家、京城内外的望族，没有谁能比得上的。

《李娃传》虚构了一个娼妓与公子历经磨难，终于圆满结合并获得很高荣耀的故事，喜剧性结局表现了作者对倡优女子的同情和品格的赞美，有着浓厚的理想色彩。全篇情节波澜起伏，结构完整。后世多将其改编为戏曲。

《霍小玉传》则是一个悲剧，说的是陇西有个叫李益的书生，二十岁考中了进士。第二年到长安参加拔萃科考试，在等待吏部复试期间，与名妓霍小玉相恋了。李益发誓一辈子爱着霍小玉，即使粉身碎骨也绝不丢开她，并在白绢上写上盟约交给霍小玉。霍小玉有着闭月羞花之貌，“若琼林玉树，互相照耀，转盼精彩射人”。她温柔、善良、痴情、单纯、敢爱敢恨，而且琴棋书画样样精通，她一直希望能寻觅到一个品格情调都能相称的好郎君。在遇见李益后，她深深地爱上了他，表示愿意生死相随，至死不渝。但她也知道两人的社会地位悬殊，由此对爱情的要求并不高。两年后，李益因为书判拔萃登科，被授予郑县主簿的官职。在送李益去上任之际，霍小玉说："您这次回家，一定会缔结美满的姻缘。当初盟约上的话，只是空谈罢了。我年方十八，郎君也才二十二岁，到您三十而立的时候，还有八年。我希望你给我八年的时间，我要把一辈子的欢乐爱恋，在这段时期内享用完。然后您去挑选名门望族，结成秦晋之好，也不算晚。我就抛弃人世之事，剪去头发穿上黑衣，遁入空门，也满足了。"但得官后，李益与表妹卢氏结婚，与小玉断绝了音讯。小玉日夜思念成疾，后得知李益负约，愤恨欲绝。忽有豪士黄衫客挟持李益至小玉家中，小玉誓言死后必为厉鬼报复。然后小玉高声痛哭，气绝身亡。李益娶卢氏后，因数度猜忌以致休妻，"至于三娶，率皆如初焉"。《霍小玉传》故事情节完整，描写细腻，多处采用烘托、对比、映衬的写法，尤其是心理刻画十分成功，生动而有情趣。霍小玉、李益的性格鲜明，形象生动，是艺妓和望族子弟的典型代表。就连鲍十一娘、黄衫客的侠义和媒婆形象也都十分逼真，寥寥数语，便跃然纸上，充分展现了唐传奇的艺术魅力。明代汤显祖的《紫钗记》即衍此故事。

以上这两篇传奇，都是以世族子弟与妓女的恋爱为题材，有其深刻的现实意义。在这类作品中，元稹的《莺莺传》也很著名，文中刻画莺莺性格尤为深刻细致。

历史类传奇以陈鸿的《长恨歌传》为代表。《长恨歌传》前半部分写唐玄宗宠幸杨贵妃,朝政腐败,招致安史之乱,暴露了玄宗后期的黑暗现实;后半部分写杨妃死后,玄宗日夜思念,有蜀地方士为至蓬壶仙山访得杨妃。故事纯属虚构,但叙述宛曲,富有情致。同时有白居易所作《长恨歌》与传文相配合。用本篇作为戏剧题材的,在元代有白朴的《梧桐雨》,在清代有洪昇的《长生殿传奇》。

唐代传奇的内容丰富多彩,反映的社会生活面较广,有的表现了男女情人的悲欢离合及社会原因,有的通过幻想形式反映了人们对幸福生活的美好理想,有的暴露了上层社会的种种丑恶现象,有的歌颂了见义勇为、反抗强暴的豪侠行为,大都具有积极意义。唐代传奇对后代小说、戏曲及讲唱文学有着较大的影响,唐传奇是宋以后的白话短篇小说即话本的基础。大家知道,大凡著名的传奇故事,在后代都各自产生若干同一题材的戏曲,为人所知的有:《长恨歌传》对元代王伯成的诸宫调《天宝遗事》、白朴的杂剧《梧桐雨》和清代洪昇的传奇戏曲《长生殿》的影响;《莺莺传》对宋代赵令畤的《崔莺莺双调蝶恋花鼓子词》、金代董解元的《西厢记诸宫调》和元代王实甫的《西厢记》的影响;《霍小玉传》《枕中记》《南柯太守传》对汤显祖的传奇戏曲"玉茗堂四梦"的影响,等等。

《柳毅传》《霍小玉传》《长恨歌传》《虬髯客传》《南柯太守传》等篇,共同标志着唐传奇艺术的高峰。

四、发　展　期

宋代的话本是中国古典小说的发展期。宋话本，是指宋代兴起的白话小说，用通俗文字写成，多以历史故事和社会生活为题材。宋话本，顾名思义是宋代“说话”（说书）人即民间艺人说唱的底本。到了宋代，随着说话活动日益兴盛，在书场中传播的故事越来越多，便有了以口传故事为蓝本的文字记录本，以及受说话体式影响而衍生的其他故事文本等，统被称为“话本”。话本小说是民间说话艺人的创作，既具有口头文学清新活泼的特色，又发扬了志怪、传奇等古代小说的优良传统，在思想性和艺术性上都有一定成就。从宋代开始，以文言文短篇小说为主流的小说史，逐渐转变为白话小说史。因此，宋代话本小说是中国小说史上一个重要的发展阶段。宋代话本今存《清平山堂话本》《全相平话五种》等，代表作品有《简帖和尚》《错斩崔宁》等。

《简帖和尚》出自清平山堂所刻话本，说一个和尚见皇甫松的妻子杨氏貌美，命人送一封匿名简帖给她，引起皇甫松的怀疑，于是经官把妻子休了。杨氏走投无路，濒临绝境，被迫落入和尚精心安排的圈套。真相大白后，和尚受到惩处，杨氏和皇甫松再成夫妻。这个故事情节曲折，引人入胜，表现手法巧妙，生活气息浓厚，语言通俗易懂，是小说家中公案话本的代表作。

《错斩崔宁》说的是宋高宗时，临安有个官人叫刘贵，由于时运不济，做买卖把本钱消耗掉了。娶妻王氏，因没有子嗣，又娶了二房陈氏，家中都叫她二姐。一日，刘贵携王氏去丈人家拜寿，留二姐在家看守。丈人见刘贵落魄，拿出十五贯钱资助他开柴米店。刘官人万分感谢，便允留妻子在娘家多住几日，自己带钱归家。途中又饮了几杯酒，到家后见了二姐，借酒力开了个玩笑说："我一时无奈，只得把你典给一个客人，得钱十五贯。若是以后有钱了，再加利把你赎回来；若是不顺溜，只索罢了。"二姐听了，本来不信，但见十五贯钱堆在面前，难免狐疑，便趁刘贵睡去，轻轻收拾了随身衣服，准备出门到左邻朱老儿家借住一宿，次日回爹娘家想讨个主意。二姐走了不到二里，就脚疼走不动了，正巧遇见一个后生，背上驮了个装着铜钱的褡裢，两人结伴同行。二姐又走了不到两三里地，被后面来人追上，方知刘贵被人用斧劈死，床上十五贯钱也没了影踪。二姐和同行的那位后生都被带到官府。后生名叫崔宁，褡裢中的钱正巧十五贯，因此府尹断定二姐"因独自在家，勾搭上了人；又见家中好生不济，无心守耐；又见了十五贯钱，一时见财起意，杀死丈夫，劫了钱；又使见识往邻舍家借宿一夜，却与汉子通同计较，一处逃走"。府尹动刑逼供，二人屈打成招。经奏过朝廷，判决"崔宁不合奸骗人妻，谋财害命，依律处斩；陈氏不合通同奸夫杀死亲夫，大逆不道，凌迟示众"。二姐和崔宁百口莫辩，被押赴市朝，一斩一剐，行刑示众。其后刘贵大娘子被山大王掳到山上,方才得知偷十五贯钱并杀死刘贵的就是这个山大王。刘娘子告官后,将山大王处斩。这个话本故事后来被改编成经典戏曲《十五贯》。

明代拟话本的出现,推动了古典小说的发展。拟话本是中国古典小说的一种,是由文人模仿话本形式编写的小说。早期的拟话本有宋元时代产生的《大唐三藏法师取经记》和《大宋宣和遗事》等作品。它们的体裁与话本相似,都是首尾有诗,中间以诗词为点缀,词句多俚俗。但与话本又有所不同,“近讲史而非口谈,似小说而无捏合”,是由话本向后代文人小说过渡的一种中间形态。拟话本的题材更加广泛,情节更加曲折,描写更加细腻。“三言二拍”是五本著名短篇小说集及拟话本集的合称,代表了明拟话本的辉煌成就,是中国古代白话短篇小说的宝库。“三言”是《喻世明言》《警世通言》《醒世恒言》,作者为冯梦龙;“二拍”是《初刻拍案惊奇》和《二刻拍案惊奇》,作者为凌濛初。里面有许多广为人知的著名故事,如《灌园叟晚逢仙女》《杜十娘怒沉百宝箱》《卖油郎独占花魁》《白娘子永镇雷峰塔》《乔太守乱点鸳鸯谱》《金玉奴棒打薄情郎》等。到了明朝末年,有个叫抱瓮老人的,从“三言二拍”里选出40篇故事,编成《今古奇观》话本集,对后世影响很大。

《灌园叟晚逢仙女》,载于《醒世恒言》第四卷。写恶霸张委霸占花农秋公花园的故事。秋翁名先,自号灌园叟,自幼爱花成癖。遇有好花，总要设法买下，有时甚至典衣买花，人称花痴。日积月累，家中成为一个大花园。宦家子弟张委，发现秋翁家花枝艳丽，闯进去就乱采。秋翁上前阻止，张委便与众恶少将花园里的花全部砸坏。当恶少走后，秋翁对着残花悲哭，感动了花神，使落花都重返枝头。张委得知此事，买通官府，诬告秋翁为妖人，把他抓进监狱。张委随后霸占了秋翁的花园。正当张委得意之时，花神使狂风大作，将正在秋翁花园中饮酒作乐的张委吹落进了粪窖而死。1956 年上海电影制片厂将这个故事拍摄成电影《秋翁遇仙记》。

《金玉奴棒打薄情郎》是负心汉类型故事中流传很广的一篇短篇小说，载于《喻世明言》。作品大意为：宋朝时，杭州金老大有一个女儿名叫玉奴，生得十分美貌，15 岁时已诗赋俱通，调筝弄管，事事伶俐。金老大想将女儿嫁给有出息的读书人，可到金玉奴已 18 岁时，仍是高低不就，因为金老大是团头，就是叫花头子。后来，邻家老头对金老大说："太平桥下有个书生，姓莫名稽，20 岁，一表人才，读书饱学。只为父母双亡，家穷未娶。最近考上太学生，此人正好与令嫒相宜，何不招他为婿？"莫稽虽对团头的出身有些犹豫，怕被人耻笑，但终因自己衣食不周，便答应了。于是择个吉日，二人完婚。莫稽见金玉奴才貌双全，喜出望外。

金玉奴十分要强，劝丈夫刻苦读书。她又不惜工本，到处为丈夫购买书籍，供他学习。由于有良好的学习环境，加上娇妻督促，莫稽才学日进，23 岁就被选送到京师参加进士科的考试，居然连科及第。在参加了皇上举行的琼林宴后，莫稽乌帽官袍，荣归故里。却见街坊群小儿指着他赞道："金团头家女婿做了官了。"莫稽听了，觉得不是滋味，心想早知今日富贵，就不该拜个团头岳丈，今后养出儿女来，也是团头外孙，被人笑话。于是有些后悔，怏怏不乐。

不一日，莫稽被授为无为军司户，便携同金玉奴登舟赴任。这天来到采石江边，系舟北岸，月明如昼，莫稽睡不着觉，就在船头玩月，因想起团头之事，闷闷不乐。忽动恶念：何不把金玉奴弄死，再另娶他人？于是进仓把金玉奴哄出来赏月。金玉奴穿衣出来，正抬头望月时，莫稽出其不意把她推入江中。莫稽悄悄唤起舟人，吩咐赶快开船。恰巧新上任的淮西转运使许德厚途经这里，将落水的金玉奴救起。听了金玉奴的叙说后，许德厚夫妇将金玉奴收为义女，并说要为她做主，讨还公道。

许德厚到淮西上任，正好是莫稽的上司。他见莫稽一表人才，终觉人才难得，于是他决定惩治一下这位薄情郎，并再给他一次机会。许德厚故意对他的下属说："我有一女，颇有才貌，年已及笄，希望能招一个过门女婿。"他的下属听说莫司户青年丧偶，齐声推荐。莫稽立即应允，喜不自禁地准备做转运使的女婿。结婚那天，莫稽心中如登九霄云里，欢喜不可形容，冠带齐整、帽插金花、身披红锦、跨着雕鞍骏马，两班鼓乐前导，一路行来。拜了天地、拜了丈人丈母、新人交拜后，莫稽进入洞房。可他才跨进房门，忽然两边门侧里走出七八个老妇人、丫鬟，一个个拿着篱竹细棒，劈头盖脸打下来，把纱帽都打脱了，莫稽连声大喊救命。洞房中传出娇滴滴的声音说："休要打杀了薄情郎，暂且唤来相见！"众丫鬟仆妇这才住手，分别扯耳朵、拉头发、拽胳膊、牵衣裳把莫稽拖到新娘面前。新娘子把盖头红巾拉下，莫稽见红烛辉映下，床头坐着的正是被自己推入水中的亡妻金玉奴，不禁惊惧万状，浑身颤抖，魂不附体。这时许德厚从外面走进来对莫稽说："这是我在采石江边上所认的义女。"莫稽向许德厚磕头认罪。许德厚说："这事老夫做不得主，只要女儿不追究即可。"于是莫稽又跪在金玉奴面前。金玉奴放声大哭，千薄幸万薄幸骂不绝口。莫稽羞愧万分，只顾叩头求恕。许德厚劝解说："虽是旧日夫妻，也算新婚花烛，贤婿诚心悔罪，今后必然不敢轻慢你了。"又搬来许夫人好言劝慰，直到三更时分，二人方才言归于好，重叙夫妻之情。金玉奴对许德厚夫妇如亲生父母，连莫稽都感动了，他把团头金老大接到官衙，奉养送终。

《杜十娘怒沉百宝箱》出自《警世通言》卷三十二，是冯梦龙的代表作品，也是中国古代文学史上最为杰出的短篇小说之一。名妓杜十娘久有从良之志，日积月累地积攒了一个百宝箱，收藏在院中的姐妹那里，希望将来润色郎装，翁姑能够体谅她的苦心，成就自己的姻缘。经过长期寻觅，她选择了李甲，将终身托付于他，因而让李甲四处借贷，同时拿出自己私蓄的银两，完成自己从良的心愿。投奔他人从良是杜十娘重新做人的终身愿望，姐妹们听说她跟从李甲离开妓院，大家都纷纷相送，并资助盘缠。李甲担心归家不为严父所容，杜十娘便与李甲泛舟吴越，徐徐图之。在途中，一富家公子偶然目睹杜十娘美貌，心生贪慕，就乘与李甲饮酒之机，巧言诱惑李甲以千金之价把杜十娘卖给了他。杜十娘知自己被卖，万念俱灰。她假装同意他们的交易，然后却在正式交易之际，当众打开百宝箱，里面何止万金！她厉言怒斥奸人和负心汉，然后抱箱投江而死。

《乔太守乱点鸳鸯谱》是一出著名的古代喜剧，出自冯梦龙《醒世恒言》第八卷。这篇小说讲述了三对恋人阴差阳错错配姻缘，几家人互指对方骗婚闹上公堂，终由乔太守主持公道，令三对鸳鸯各得其所、皆大欢喜的故事。现在“乔太守乱点鸳鸯谱”作为俗语来比喻做事糊涂，胡乱指挥等。故事说的是宋朝景祐年间，杭州城里刘秉义和孙寡妇各有一双儿女。自小刘家的儿子刘璞就和孙家的女儿珠宜定了亲，刘秉义的女儿惠娘许给了裴九老的儿子裴政，孙寡妇的儿子孙玉郎另聘了徐雅的女儿文哥为妻。转眼各家儿女都已长大成人，刘璞却得了重病，刘秉义夫妻想出了瞒着孙家娶珠宜过门冲喜的主意。孙寡妇得知真相后，十分气恼，为了不让自己的女儿遭受不幸，孙寡妇让儿子玉郎男扮女装上了花轿。新婚之夜,新郎刘璞仍在病中,心虚的公公婆婆让自己的女儿惠娘陪“嫂嫂”安寝,结果玉郎和惠娘一见钟情,过了一个实实在在的洞房花烛夜。冲喜之后,刘璞的病渐渐好了,孙寡妇就叫玉郎偷偷回家换珠宜回去。难舍难分的玉郎和惠娘抱头痛哭,终于被惠娘的母亲发现了真相,刘、孙两家闹得不可开交。消息传到惠娘的婆家裴家耳中,裴九老大怒,一张状子把刘秉义告到了官府,刚巧刘秉义也来告孙寡妇,两人在衙门口相遇,动手打了起来,一直打到乔太守跟前。乔太守听完两人陈述,把刘、孙、裴、徐四家人都传唤到大堂上,调解一番之后,大笔一挥,巧点鸳鸯,写下一段绝妙的判词。该故事后来被改编成各种戏剧。

《大唐三藏取经诗话》是值得一提的南宋说话本,是玄奘取经的历史故事向神话故事演变过程中的一个重要里程碑,它把各种神话与取经故事串联起来,书中出现了猴行者的形象。说唐僧师徒六人,去西天求取大乘佛法,路上遇见一个白衣秀士,自称是“花果山紫云洞八万四千铜头铁额猕猴王”,化身自动来护三藏西行。他神通广大、足智多谋,一路杀白虎精、伏九馗龙、降深沙神,使取经事业得以“功德圆满”。这是取经故事的中心人物由玄奘逐渐变为猴王的开端。《取经诗话》虽然粗糙简单,某些细节还不近情理,但已比较清楚地显示了取经故事的轮廓,从深沙神、鬼子母国、女人国的描写上,已经可以看到《西游记》

某些章回的雏形。

五、高　峰　期

明清章回体小说将古代小说逐渐推向了顶峰。就文学理念、文学体式及文学表现手段而言,明清小说以它的完备和丰富将叙事小说推到了极致,明清小说铸就了中国古典小说最后的辉煌。明代小说包括短篇小说和长篇小说,而清代则侧重长篇小说,是长篇小说的黄金时期,不仅数量空前,风格流派多样,最重要的是它与现实生活结合得十分紧密。

明清是中国小说史上的繁荣时期。这个时代的小说从思想内涵和题材表现上来说,最大限度地包容了传统文化的精华。从明代开始,小说这种文学形式充分显示出其社会作用和文学价值,打破了正统诗文的垄断,在文学史上取得与唐诗、宋词、元曲并列的地位。清代则是中国古典小说盛极而衰并向近现代小说转变的时期。明清小说可分为两个阶段,第一阶段产生了《三国演义》《西游记》《水浒传》等名著,第二阶段产生了《红楼梦》和《儒林外史》等名著。《红楼梦》则代表中国古代小说的顶峰。

明代的长篇小说按题材和思想内容,又可分为四类,即讲史小说、神魔小说、世情小说和公案小说等。

历史演义小说 它是由宋元说话艺术中的讲史一类发展而来。历史演义以一朝一代的历史事实做基础,吸取野史杂说和民间传说的内容,演绎扩大而成。“七分事实,三分虚构”是其特点。元末明初罗贯中的《三国演义》是最典型的历史演义小说,也是中国的第一部历史演义小说,代表了历史演义小说的辉煌成就。在它的影响下,历史演义大量出现,内容差不多从远古传说直到汉晋唐宋都有所作。较著名的有《列国志传》《全汉志传》《唐书志传通俗演义》等。其中以冯梦龙改编的《新列国志》成就较高,影响也较大。

《列国志传》描写春秋战国时代列国的故事。关于列国故事的平话,最早产生在元代。明代嘉靖、隆庆年间,余邵鱼撰《列国志传》,以武王伐纣的故事开篇。明末冯梦龙加以改编,根据史书做了订正,艺术上也有显著提高,改名为《新列国志》。清乾隆年间,秣陵(今江苏南京市)人蔡元放作了一番修改,改名《东周列国志》。《东周列国志》从西周末年宣王三十九年(前 789 年)写起,到秦始皇二十六年(前 221 年)统一全国结束,包括春秋战国 500 多年的历史,内容极其丰富,所有情节和人物都是从《左传》《国语》《战国策》《史记》等书中汲取来的,它将分散的历史故事、人物传记按照时间的先后顺序串联起来,熔为一炉,成为一部结构完整的历史演义。《东周列国志》里含有的史料特别丰富,是一部可以作为史书来读的小说。小说结构布局主次分明、繁简得当，虽然头绪纷繁，矛盾错综复杂，但来龙去脉都条分缕析，交代得十分清楚，不仅整个历史时代的发展变化得到如实的反映，各诸侯国的发展、变化，各国之间的关系，也写得丝毫不乱。小说故事性强，每个故事既有相对的独立性，又是全书的一部分。许多故事描述得娓娓动听，引人入胜，如“卫懿公好鹤亡国”“管夷吾病榻论相”“西门豹乔送河伯妇”“伍子胥微服过昭关”等等。由于小说反映了五六百年的历史，虽然没有贯穿始终的人物形象，但不少人物形象描绘得相当生动，如管夷吾的博学奇才、齐小白的王霸之度、鲍叔牙的苦心荐贤等等，比之英雄传奇小说，也毫不逊色。还有如晋重耳、伍子胥、介子推、孙膑、庞涓、廉颇、蔺相如、文种、范蠡等等都写得个性鲜明。

英雄传奇小说　这类小说也是在宋元讲史的基础上发展起来的，它与历史演义小说的不同之处，在于它不拘泥于一朝一代历史事件的演变，而是以描写理想化传奇式的英雄人物为主，虚构的成分较多。明初施耐庵所著的《水浒传》是它的代表作品，标志着中国古典小说现实主义艺术趋于成熟。

神魔小说　这类小说受到宗教不同程度的影响，内容涉及鬼神魔怪，充满奇异的幻想。吴承恩的《西游记》是神魔小说中最优秀的一部。《西游记》也是在宋元说话艺术和民间传说的基础上由文人作家加工创作而成的。此外，许仲琳所著的《封神演义》也是影响较大的一部。

世情小说　它是以社会现实生活，尤其是家庭生活为题材，刻画种种世态人情的小说。《金瓶梅词话》是世情小说的代表作。《金瓶梅词话》是中国第一部文人独立创作的长篇小说，它开始摆脱了历史故事、历史传说对小说创作的束缚，转向现实题材，开始对日常生活作细致的描写，这在中国小说发展史上有着重要的意义。《金瓶梅词话》之后，世情小说表现出两种倾向：一种是在世情描绘中宣扬因果报应思想，如成书于明末的西周生所著的《醒世姻缘传》等。另一种则演化为才子佳人小说，如成书于明末清初的《玉娇梨》《好逑传》等。

刊行于明万历年间的《金瓶梅词话》在白话长篇小说中占有重要地位，它是摆脱英雄与神怪的传统题材，转而表现日常现实生活的创始之作，作者为兰陵笑笑生。该书借《水浒传》中西门庆、潘金莲故事为线索，演成百回长书，虽假托宋代，反映的却是16世纪北方城市居民的日常生活。作者熟悉市井生活和市民语言，描摹人情世态，细致传神，语言泼辣生动。但书中有颇多放纵肉欲的自然描写，影响了这部书的价值与传播。因此，虽然《金瓶梅词话》是一部奇书，但却被列为“淫书”，历代禁止公开出版发行。

《金瓶梅词话》是我国第一部以家庭日常生活为素材的长篇小说。它的开头写潘金莲未被武松杀死，而是嫁给西门庆为妾，由此转入描写西门庆家庭内发生的一系列事件。书中写西门庆及他与社会中各色人物的交往，直到他纵欲身亡，家庭破败，众妻妾风云流散。书名由小说中三个主要女性潘金莲、李瓶儿、春梅的名字合成。《金瓶梅词话》是以北宋末年为背景的，但它所描绘的社会面貌、所表现的思想倾向，却有鲜明的晚明时代特征。小说主人公西门庆是一个暴发户式的富商，是新兴市民阶层中的显赫人物，他依赖金钱的巨大力量，勾结官府并获得地方官职，恣意妄为，纵情享乐，尤其是在男女之欲方面，追逐永无休止的满足。他以一种邪恶而又生气勃勃的姿态，侵蚀着封建政治末期的肌体，使之愈益堕落破败；而他那种肆滥宣泄的生命力和他最终的纵欲身亡，也喻示着他所代表的社会力量在当时难以得到健康的成长。

《金瓶梅词话》首先值得注意的一点是，它所描写的官商关系和金钱对封建政治的侵蚀。商人所拥有的金钱力量足以对以政治权力为核心的封建等级秩序构成破坏，而随着经济的发展、城市工商业的兴盛，这种破坏又终究是不可避免的，晚明正是这样一个时代。西门庆一家物质享用的奢华，远远超出一般官僚，而官僚阶层面对这种金钱的力量，也不得不纡尊降贵。例如第四十九回写文采风流的蔡御史在西门庆家做客，受到优厚的款待，还得了两个歌伎陪夜。对于他的种种非法要求，西门庆无不一口应承。而位极人臣的蔡太师，也因收受了西门庆的厚礼，送给他一个五品衔的理刑千户之职（第三十回），做了一笔权钱交易。在过生日之际，蔡太师更以超过对待“满朝文武官员”的礼遇接待这位携带大量金钱财物来认干爷的豪商。至于贿赂官吏，偷税逃税，在西门庆更是轻而易举之事。封建国家机器在商人的金钱锈蚀下，已失去其原有的运转能力。

西门庆凭借金钱买通了政治权力，自己也获得了权力，可以在相当的范围内为所欲为，他甚至发出“豪言壮语”：“咱闻那佛祖西天也止不过要黄金铺地，阴司十殿也要些楮镪（chǔ qiāng，祭供时焚化用的纸钱。镪，钱贯，引申为钱）营求。咱只消尽这家私广为善事，就是强奸了嫦娥，奸了织女，拐了许飞琼（许飞琼是西王母的侍女，美艳绝伦。传说她曾与女伴偷游人间，在汉皋台下遇到书生郑交甫，相见倾心，摘下胸前佩戴的明珠相赠，以表爱意），盗了王母的女儿，也不减我泼天富贵！”（第五十七回）

在揭示政治腐败、社会黑暗方面，《金瓶梅词话》所涉及的不仅仅是官商勾结、钱权交易，而是十分广泛又非常深刻的现实。尽管过去的小说在这方面也曾做出努力，但正如王国维所说，我国戏曲、小说的特质之一，是“往往说诗歌的正义，善人必有其终，而恶人必罹其罚”。即使是歌颂民间反抗斗争的《水浒传》，也还是让正义得到不同形式的伸张（包括死后成神这一类给读者以精神安慰的形式），这给黑暗的社会抹上了一层理想的色彩。而在《金瓶梅词话》中，我们却看到许多无告的沉冤，难雪的不平：西门庆毒死武大，娶了潘金莲，逍遥法外，即使英雄武松也对他无可奈何；苗员外惨遭杀害，主犯苗青却因此成了富豪；宋蕙莲被害死后，她父亲想给女儿报仇，结果也被迫害而死，等等，这些无辜者受尽煎熬、悲惨而死，最终却毫无抵偿的故事在小说中比比皆是。而那个作恶多端的西门庆，却享受了一辈子的富贵荣华。他最后的纵欲而死，即使有教人自我检束的意味，但也算不上“恶有恶报”。甚至他转世投胎，也仍旧是富户。现实的沉重和阴暗，使读者感受到巨大的压抑，从而更有可能使读者认识到封建社会的本质。这种描写，一方面是因为封建末世的政治确实格外地混乱无序，另一方面也是因为作者对传统道德已彻底失去信心，不再相信它能够有效地制约社会的统治阶层，提供正义的理想。与上述内容相关联，《金瓶梅词话》不仅反映了社会政治的黑暗，还大量描写了那种时代中人性的普遍弱点和丑恶，尤其是金钱对人性的扭曲。在这部一百回的长篇小说中，几乎没有一个通常意义上的“正面人物”，人人都在那里钩心斗角，相互压迫。西门庆家中妻妾成群，花团锦簇，但众妻妾乃至奴婢之间的争宠夺利，无所不用其极，显示出在多妻制婚姻关系中女性心理的阴暗。小说有很多地方写到西门庆在占有各色女子时，一面寻欢作乐，一面商谈着财物的施予，两性关系在这里成为赤裸裸的金钱交易。还有，书中写的那些帮闲角色，因无钱养家，时常被妻子肆口辱骂，及至得了西门庆周济的十几两银子，归来便傲气十足，他的妻子也立即变得低声下气（第五十六回)。为小说作序的欣欣子称此书的宗旨是“明人伦,戒淫奔,分淑慝(shūtè,指善恶),化善恶”,但这只是一种有意识的和常规性的标榜,小说本身则很少有基于传统道德的说教。作者一方面揭示了物质欲望和情欲的膨胀使人性趋向于贪婪丑恶,同时也如实地反映出追求这些欲望的满足乃是人性中不可抑制的力量。金钱和情欲不是被简单地否定,而是同时被视为既是邪恶之源,又是快乐与幸福之源。

传奇性的小说放在首位的还是故事情节,即使以前小说中最擅长写人物的《水浒传》,首先也是以故事情节吸引人,很少能看到仅仅为了显示人物性格而对情节发展并无多大意义的事件。而在《金瓶梅词话》中,则明显地出现了故事情节的淡化。《金瓶梅词话》与以前的小说相比,已经把重心从故事情节转移到人物形象上来,这是一个重要的进步。这部小说中几乎不存在通常意义上的正面人物,但同样也几乎不存在通常意义上的反面人物。如小说中写李瓶儿,既有泼辣、凶狠为达到目的不顾一切的一面,但在更多场合下,她又表现出善良、懦弱和富于同情心的一面,她的性格是极为丰富的。又如奴才来旺的妻子宋惠莲,是一个俏丽、轻浮、浅薄的女人,她勾搭上了西门庆,便得意忘形,一心想摆脱丈夫,在西门庆家爬上个小老婆的位子。但当来旺被西门庆陷害时,她却悲愤异常,“千也说一夜夫妻百夜恩,万也说相随百步也有个徘徊意”,念着他们在贫贱生活中所建立起来的真诚感情。她痛骂西门庆:“你原来就是个弄人的刽子手,把人活埋惯了。害死人,还看出殡的!”西门庆百般劝诱,她再也不肯就范,最后自杀(第二十六回)。她确实是贪图钱财和虚荣、品格卑贱的人,但在这后面,却又保存着某种人性中高贵的东西。这样的人物形象,是过去的小说中所没有的。就是西门庆,固然是个恶人,但他的恶也不是以简单的符号化形式表现出来。他的慷慨豪爽、“救人贫难”,多少表现出市民阶层所重视的品德。他对妇女从来就是贪得无厌地占有和玩弄,但当李瓶儿病死时,他也确实表现了真诚的悲痛,小说对这一事件的描写十分细致。一方面,西门庆不顾潘道士提出的“恐祸将及身”的警告,坚持守在垂危的李瓶儿身旁,当她死后,他不顾一切地抱着她的尸体哭叫:“宁可教我西门庆死了罢,我也不久活于世了,平白活着做什么!”《金瓶梅词话》描写的人物性格,不是把它当作单纯的个人天性来看待,而是同人物的生存环境、生活经历联系起来。譬如潘金莲,可以说是小说中最富于邪恶品格的女人,同西门庆真可谓天生一对。但仔细读小说,我们会发现,她的邪恶是在她的悲惨命运中滋长起来的。潘金莲出生在一个穷裁缝的家庭,九岁就被卖到王招宣府中学弹唱,学得“做张做势,乔模乔样”。后来又被转卖给张大户,年方十八就被那老头儿收用了。再后来又被迫嫁给“人物猥獕(wěijuàn)”的武大。她美貌出众,聪明伶俐,却从来没有机会在正常的环境中争取自己做人的权利。在西门庆家中,她既不像吴月娘那样有尊贵的身份,也不像李瓶儿、孟玉楼那样有钱,但她又不甘于被人轻视,便只能凭借自己的美貌与机灵,用尽一切手段来博取西门庆的宠爱,以同其他人抗衡。她的心理是因受摧残而变态的,她用邪恶的手段来夺取幸福与享乐,又在这邪恶中毁灭了自己。

《金瓶梅词话》以其对社会现实的冷静而深刻的揭露,以其对人性(尤其是人性的弱点)清醒而深入的描绘,以其在凡庸的日常生活中表现人性之困境的视角,以其塑造生动而复杂的人物形象的艺术力量,把注重传奇性的中国古典小说引入到注重写实性的新境界,为之开辟了一个新的方向。《儒林外史》《红楼梦》就是沿着这一方向继续向前发展的。

《金瓶梅词话》所使用的语言一向为人们所称道。虽然有些地方显得粗糙,尤其是在引用诗、词、曲时,往往与人物的身份、教养不符,但总体上说是非常有生气的。作者十分善于摹写人物鲜活的口吻与语气,以及人物的神态、动作,从中表现出人物的心理与个性,以具有强烈直观性的场景呈现在读者面前。

《金瓶梅词话》的艺术成就是辉煌的。作为我国第一部具有近代意味的现实主义文学巨著,《金瓶梅词话》是中国古代小说发展的重要里程碑。它突破了中国长篇小说的传统模式,在艺术上较之前的长篇小说有了多方面的开拓和创新,为中国古代小说的演进做出了历史性的贡献。

一、在创作题材上，它使小说从描述英雄豪杰、神仙妖魔转向家庭生活、平凡人物。它是第一部以家庭生活和世态人情为题材的长篇小说，主要通过普通人物的人生际遇来表现社会的变迁，具有强烈的现实性、明确的时代性，这标志着我国古代小说艺术的渐趋成熟和现实主义创作方法的重大发展，为此后的世情小说开辟了广阔的题材世界，并使之成为此后小说的主流。

二、在创作主旨上，它使小说的立意从歌颂理想变为着重暴露黑暗，从表现美转为表现丑。《金瓶梅词话》之前的长篇小说，在批评社会黑暗的同时，更多的是着力讴歌美好的理想，表现出浓厚的浪漫主义色彩。而《金瓶梅词话》则实现了中国古代小说审美观念的大转变，极写世情之恶、生活之丑，是一部彻底的暴露文学。它在表现人性丑陋的时候，常常揭示人物言行之间的矛盾，达到强烈的讽刺效果，这种写法对此后的讽刺文学有极大的影响。

三、在人物塑造上，它使小说从单色调变为多色调，从平面化转向立体化。《金瓶梅词话》的叙事重心从以往以组织安排故事为主转向以描写人物为主，并且克服了先前小说中人物性格单一化、凝固化的倾向，注重多方面、多层次地刻画人物性格，能细致入微地揭示人物复杂的内心世界，在一些人物形象中出现了美丑并举的矛盾组合，写出了人物性格的丰富性、流动性。

四、在叙事结构上，它从线性发展转向网状交织。此前的长篇小说基本上是由故事联结而成,采用线性发展的结构形式,而《金瓶梅词话》则从生活的复杂性出发,发展为网状结构。全书围绕西门庆一家的盛衰史而开展,并以之为中心辐射到整个社会,使全书组成一个一脉相连、情节相通的生活之网,既千头万绪,又浑然一体。

五、在语言艺术上,它从说书体语言发展为市井口语。此前长篇小说的语言深受说话技艺的影响,使《三国演义》属于半文半白的演义语体,至《水浒传》《西游记》时白话语言已日渐成熟,同时也向着规范化和雅驯化的方向发展,而《金瓶梅词话》却代表了小说语言发展的另一方面,向口语化、俚俗化的方向发展。它运用鲜活生动的市民口语,充满着浓郁淋漓的市井气息,尤其擅长用个性化的语言来刻画人物,神情口吻无不毕肖。

《金瓶梅词话》的文学价值是无可估量的,因为它是第一部描写市井人物的小说,又因为它是第一部文人独创的小说,所以在中国古代小说发展史上有其独特的地位。在中国古代小说中,还因为它是第一部细致的描述人物生活、对话及家庭琐事的小说,这就更具有非常重要的意义。

《金瓶梅词话》受后人批评最多的,是小说中存在大量的性行为的描写。书中对这方面的描写十分露骨,又很粗鄙,几乎完全未曾从美感上考虑,所以显得格外不堪,使小说的艺术价值受到一定的削弱。有人认为,由于小说中有露骨的性描写,所以使它对市井之民构成了吸引。但我们要严肃认真地说一句,对那些渴望了解社会和政治的人,对传统文化有相当认知的人,是能够读懂读透《金瓶梅词话》的,也能够理解里面深藏的东西。我国在新中国成立后的很长一段时间里都把《金瓶梅词话》作为禁书,只有少数人能看到,而且是洁本。现在《金瓶梅词话》已公开出售,对古典小说喜爱的人,不妨去看一看。

公案小说　明后期描写冤狱诉讼公案小说的兴起,是社会黑暗、政治腐败的反映。较著名的公案小说有李春芳的《海刚峰先生居官公案传》和无名氏的《包孝肃公百家公案演义》等。这类小说在歌颂清官的同时,也在一定程度上反映了当时社会政治的黑暗和阶级矛盾的尖锐。公案小说一般都追求故事情节的离奇曲折而忽视人物性格的着力刻画,艺术上显得粗糙。

现在再来说说清代小说。

清代的阶级矛盾、民族矛盾和思想文化领域里的斗争,给小说创作以深刻影响。清初至乾隆时期是清小说发展的全盛时期,数量和质量、内容和形式、风格和流派与前代相比都有较大发展。清代小说基本上是文人的创作,虽有历史、传说等素材的借鉴,但作品多取材于现实生活,较充分地体现了作者个人的意愿,在结构、叙述和描写人物各方面也多臻于成熟的境界。乾隆年间产生的《聊斋志异》和《红楼梦》,分别把文言小说和白话小说的创作推向顶峰。《红楼梦》是中国现实主义文学的经典之作。除此以外，比较著名的清代长篇小说还有《儒林外史》《醒世姻缘传》《绿野仙踪》《隋唐演义》《说岳全传》《女仙外史》《镜花缘》《雷峰塔传奇》等。《红楼梦》大家都比较熟悉，研究的人多，说的人也多，我就着重和大家说说《聊斋志异》和《儒林外史》。

《聊斋志异》简称《聊斋》，俗名《鬼狐传》，是中国清代著名小说家蒲松龄创作的文言短篇小说集。全书共有短篇小说520篇，题材非常广泛，内容十分丰富，艺术成就很高。《聊斋志异》在艺术上兼采众体之长，不仅继承了魏晋志怪和唐人传奇的优秀传统，而且还从史传文学、白话小说中吸取了有益的营养，形成了自己独特的艺术风格，代表了我国古代文言小说已经达到和能够达到的最高水平。作品成功塑造了众多的艺术典型，人物形象鲜明生动，故事情节曲折离奇，结构布局严谨巧妙，文笔简练，描写细腻，不愧是中国古典文言短篇小说的巅峰。《聊斋志异》是蒲松龄历时三十多年完成的著作。“聊斋”为他的书斋名，“志”是记述的意思，“异”指奇异的故事，指在聊斋中记述奇异的故事。小说多谈狐仙、鬼妖、人兽，以此来概括当时的各种社会关系。多数作品通过谈狐说鬼的手法，对当时社会的腐败和黑暗进行了有力批判，在一定程度上揭露了社会矛盾，表达了人民的愿望。

蒲松龄（1640—1715），山东省淄博市淄川区洪山镇蒲家庄人。字留仙，一字剑臣，别号柳泉居士，自称异史氏，世人称聊斋先生。蒲松龄出生于一个逐渐败落的中小地主兼商人家庭。19岁应童子试，接连考取县、府、道三个第一，名震一时。但是以后却屡试不第，于是做了半个多世纪的秀才，直至71岁时才成岁贡生（相当于举人副榜）。为了生计，他除了做宝应县知县孙蕙幕宾数年外，主要在本县西铺村毕际友家做塾师。40岁后专致力于写作，他在写《聊斋志异》时，专门在家门口开了一家茶馆，请喝茶的人给他讲故事，讲过后可以不付茶钱。听完之后，他做修改完善，进行再创造，然后写进书里。就这样，历时三十年，终于成书。《聊斋志异》书成后，蒲松龄却因家贫无力印行，直至清乾隆三十一年（1766年），在蒲松龄死后五十年方刊刻行世。同乡好友王士祯十分推重蒲松龄，以为奇才，他为《聊斋志异》题诗曰：

姑妄言之姑听之，豆棚瓜架雨如丝。
料应厌作人间语，爱听秋坟鬼唱诗。

后来多家竞相翻印《聊斋志异》，现国内外有各种版本多达三十余种，近二十个国家有译本出版，版物有一百多种。以《聊斋志异》故事为内容编写的戏剧、电影、电视剧达一百六十多出（部）。

蒲松龄是一个意志非常坚强的人，不达目的，绝不罢休。他写作此书的执着精神令人感动，他在《穷神答文》的文章里，说了写书的艰辛："蒲留仙先生作《聊斋志异》时，每临晨携一大瓷缸，中贮苦茗，具烟一包，置行人大道旁，下陈芦衬，坐于上，烟茗置身畔。见行道者过，必强执与语。搜奇说异。随人所知：渴则饮以茗。成奉以烟。必令畅谈乃已。偶闻一事，归而粉饰之。如是二十余寒暑，此书方告成。"他给自己撰写了一副自勉联，也是他的座右铭：

有志者，事竟成，破釜沉舟，百二秦关终属楚。

苦心人，天不负，卧薪尝胆，三千越甲可吞吴。

《聊斋志异》是一部具有独特思想风貌和艺术风貌的文言短篇小说集。多数小说是通过幻想的形式谈狐说鬼，但内容却深深地扎根于现实生活的土壤之中，曲折地反映了蒲松龄所生活的时代的社会矛盾和人民的思想愿望，熔铸了作家对生活的独特感受和认识。蒲松龄在聊斋自志中说：" 集腋为裘，妄续幽冥之录；浮白载笔，仅成孤愤之书。寄托如此，亦足悲矣！"在这部小说集中，作者是寄托了他从现实生活中产生的深沉和孤愤。《聊斋志异》中一个突出的思想内容，是揭露黑暗腐败的政治，鞭挞无恶不作的贪官污吏和为富不仁的豪绅地主，同情被压迫人民的痛苦，歌颂被压迫者的反抗斗争。《席方平》《红玉》等是这类代表性的作品。

《席方平》写的是一个非现实的幻想世界——阴间的故事。席方平的父亲名叫席廉，生性戆直。因为和同乡姓羊的财主结了怨，姓羊的先死，过了几年，席廉病倒床上，临危时对家人说："姓羊的买通阴间差役来打我了。"顷刻全身红肿，惨叫几声便断了气。席方平看到父亲惨死，悲痛地说："我父亲老实忠厚，钝嘴钝舌的，今天遭到恶鬼欺凌，我要到阴间替父亲申冤去。"从此不吃不喝不讲话，使灵魂离身。席方平来到阴间，见到牢狱里的父亲，见他被"日夜磅掠"因而"筋骨摧残"。于是他层层上诉，从城隍、郡司、直到冥王，但是由于他们都受了羊某的贿赂，结果都不受理，反倒使他受了许多酷刑，甚至连冥王都给了他火床的刑罚。刑后冥王问他："还敢告吗？"席方平大叫："大冤未伸，寸心不死，必诉！"结果身体又被锯开，但仍然不屈。冥王无法，让他投胎到了富贵人家。席方平出生后，三天不吃奶而死，又来到阴间继续告状。后来他遇到了玉皇大帝的殿下九王，在二郎神的帮助下，冤案得以昭雪。蒲松龄借阴间的险恶，影射人间的贪官吏虐，批判的锋芒直指封建机构的各个层次。他使人们认识到封建社会的官场腐败至极，暗无天日。

如果说《席方平》是用阴间影射阳间，那么《促织》则是借历史以针砭现实了。蟋蟀又叫促织。故事说的是明朝宣德年间，皇室里盛行斗蟋蟀的游戏，每年都要向民间征收。华阴县的县官把供应的差事派给各乡，乡里借这个机会向老百姓摊派费用，每摊派一只蟋蟀，就常常使好几户人家破产。县里有个叫成名的里正，碰上征收蟋蟀，成名不敢向老百姓摊派，但又没有抵偿的钱，只好提着竹筒丝笼，在破墙脚下、荒草丛里到处去找。县官定了限期，严厉追逼，成名因为一直没有找到，被打了上百板子，两条腿脓血淋漓，翻来覆去想自杀。成名的妻子只好去求神，在巫婆那里得了画有麻头蟋蟀的一幅画。根据这幅画，成名捉了一只大蟋蟀，成名把它看得比宝玉还要珍贵，用蟹肉栗子粉喂它，只等到时拿它送到县里去缴差。成名有个九岁的儿子，趁爸爸不在家的时候，偷偷打开盆子来玩蟋蟀，结果把蟋蟀弄死了。孩子吓跑了，后来在井里找到了他的尸体，但还有一丝微弱的气息。半夜里孩子苏醒过来，但神气呆呆的。天亮时，成名在墙壁上捉了只小蟋蟀。第二天，成名把蟋蟀献给县官，县官试着让它和别的蟋蟀搏斗，所有的蟋蟀都被斗败了。又试着让它和鸡斗，鸡也奈何不了它。县官把蟋蟀献给了巡抚，巡抚用金笼装着献给了皇帝，并且上了奏本，仔细地叙述了它的本领。到了宫里，凡是全国贡献的蝴蝶、螳螂、油利挞、青丝额及各种稀有的蟋蟀，都与这只小蟋蟀斗过了，没有一只能战胜它。皇帝非常喜欢，下诏赏给巡抚好马和锦缎，县官也以才能卓越而闻名。过了一年多，成名的儿子精神复原了。他说他变成一只蟋蟀，轻快而善于搏斗，现在才苏醒过来。蒲松龄以异史氏的名义说："皇帝偶尔使用一件东西,未必不是用过它就忘记了;然而下面执行的人却把它作为一成不变的惯例。加上官吏贪婪暴虐,老百姓一年到头赔上妻子卖掉孩子,还是没完没了。所以皇帝的一举一动,都关系着老百姓的性命,不可忽视啊。”悲剧由促织而起,而促织是宫中“岁征民间”之物。作家把批判的矛头指向了最高统治者,揭示了政治腐败、生灵涂炭的总根源。《促织》对封建统治的批判达到了一个新高度。

《聊斋志异》中的爱情小说,难能可贵地提出了新的爱情观。《阿宝》和《连城》就是新的爱情观上别开生面的作品。《阿宝》写的是一个迂讷的孙子楚,不顾门第悬殊,迷恋富商大贾的女儿阿宝。他生来有六个指头,女的开玩笑说:“锯去其枝指,余当归之。”他果真用斧头砍去枝指,虽“大痛彻心,血溢倾注,滨死”而不悔。后又魂托鹦鹉,飞达女室。精诚所至,金石为开,孙子楚与阿宝终于结成了美满婚姻。这个故事写的是痴情,全篇笔笔写痴,字字关情。它要表明的是,男女之间只要是真心,有至情,就可以冲破一切阻力,实现理想的婚姻。这种爱情观带有强烈的市民意识。《连城》写孝廉之女连城以诗求偶,乔生的诗受到她赏识,但她的父亲以乔生贫穷不许,女又赠金助乔生求学,于是乔以女为知己,“倾城结想,如饥似啖”。但孝廉终于将女儿许配给了盐商的儿子王化城。不久女病,需男胸肉一钱,做药引子,王化城不肯献肉,乔生竟“自出白刃”割肉做药引。病好后王家却来娶亲,连城气愤忧伤而死,乔生去吊唁,也悲伤而死,魂随连城到了地下。在阴间他们得到了别人的帮助而复生,终成夫妻。《连城》给人一个全新的观念,那就是男女双方要互相知心。乔生爱连城,是因为她赏识自己的诗;连城爱乔生,是因为他能真正理解自己。这样他们的爱情基础便十分牢固,可以冲破任何障碍,终成眷属。

清代小说的另一篇巨著是《儒林外史》。说到《儒林外史》,我们连带介绍一下中国的四大讽刺小说。中国四大讽刺小说,也称四大谴责小说,指的是吴敬梓的《儒林外史》、李宝嘉的《官场现形记》、吴趼人的《二十年目睹之怪现状》、刘鹗的《老残游记》。也有人把《官场现形记》《二十年目睹之怪现状》《老残游记》和曾朴的《孽海花》合称晚清四大谴责小说。

中国古代讽刺小说最高峰的作品,无疑是《儒林外史》。其作者吴敬梓在原序中写道:"夫曰'外史',原不自居正史之列也;曰'儒林',迥异元虚荒渺之谈也。其书以功名富贵为一篇之骨,有心艳功名富贵而媚人下人者,有倚仗功名富贵而骄人傲人者,有假托无意功名富贵自以为高,被人看破耻笑者,终乃以辞却功名富贵,品地最上一层,为中流砥柱。篇中所载之人,不可枚举,而其人性情心术,一一活现纸上。读之者无论是何人品,无不可取以自镜。"

《儒林外史》是中国古典讽刺文学的代表,它以高度的思想和艺术成就奠定了我国古典讽刺小说的基础。《儒林外史》全书共五十六回，约四十万字，描写了近两百个人物。小说假托明代，实际反映的是康乾时期科举制度。作者以无情的笔触，对科举制度给予了严厉的谴责和犀利的讽刺。他对生活在封建末世科举制度下的封建文人群像的成功塑造，以及对吃人的科举、礼教和腐败事态的生动描绘，使小说成为中国古代讽刺文学的典范，也使作者吴敬梓成为中国文学史上批判现实主义的杰出作家之一。

故事从明宪宗成化末年说起，说山东兖州府汶上县有个名叫周进的教书先生，为了能够出人头地，荣耀乡里，屡次参加科举考试，可是60多岁了，却连个秀才也未考上。一天，他与姐夫来到省城，走进贡院。他触景生情，悲痛不已，一头撞在号板上，不省人事。被救醒后，他满地打滚，哭得口中鲜血直流。几个商人见他很是可怜，于是凑了二百两银子替他捐了个监生。他向众人磕头说："我周进变成驴变成马也要报效！"不久，周进凭着监生的资格考中了举人。顷刻之间，不是亲的也来认亲，不是朋友的也来认做朋友，连他教过书的学堂居然也供奉起了周太老爷的长生牌。

过了几年，他又中了进士，升为御史，被指派为广东学道。在广州，周进发现了范进。为了照顾这个54岁的老童生，他把范进的卷子反复看了三遍，终于发现那一字一句是天地间最好的文章，于是将范进取为秀才。范进和周进有着相似的境遇，由于穷困潦倒，在家里备受冷眼，妻子对他呼东唤西，老丈人对他更是百般呵斥。中秀才后不久，范进又去应考，居然中了举人。正当范进一家正在为揭不开锅，等着卖鸡换米而发愁时，传来范进中举的喜报，范进从集上被找了回来，知道喜讯后，他高兴得痴迷心窍，发了疯癫。在别人的撺掇下，老丈人胡屠户给了他一耳光，才打醒了他。转眼工夫，范进时来运转，不仅有了钱、米、房子，而且奴仆、丫鬟也有了。范进母亲见此欢喜得一下子胸口接不上气，竟然死了。胡屠户一反常态，到处说他早就知道他的女婿是文曲星下凡，不会与常人一样的，对范进更是毕恭毕敬。后来，范进入京拜见周进，由周进荐引而中了进士，被任为山东学道。

科举制度不仅培养了一批庸才，同时也豢养了一批贪官污吏。进士王惠被任命为南昌知府，他上任的第一件事，不是询问当地治安状况，不是询问黎民生计，不是询问案件冤情，而是查询地方人情，了解当地有什么特产，各种案件中有什么地方可以通融等。接着他定做了一把头号的库戥，将衙门中的六房书办统统传齐，问明了各项差事的余利，让大家将钱财归公。从此，衙门内整天是一片戥子声、算盘声、板子声。衙役和百姓一个个被打得魂飞魄散，睡梦中都战战兢兢地常被吓醒。他本人的信条是“三年清知府，十万雪花银”。朝廷考察他的政绩时，竟一致认为他是“江西的第一能员”。在八股科举制度下,官吏们贪赃枉法,土豪劣绅也恣意横行。乡绅张静斋是南海一霸,他勾通官府,巧取豪夺。为了霸占寺庙的田产,他唆使流氓,诬陷和尚与妇女通奸,让和尚不明不白地吃了官司。张敬斋还领着范进去高要县汤知县那里打秋风。范进、张敬斋都是通过会试的举人,所以书中说“会试举人,变作秋风之客”。

高要县的监生严致和是一个把钱财看作是一切的财主,家财万贯。在他病得饮食不进,卧床不起,奄奄一息时,还念念不忘田里要收早稻,打发管庄的仆人下乡,又不放心,心里只是急躁。他吝啬成性,家中米烂粮仓,牛马成行,可是平时猪肉也舍不得买一斤,临死时还因为灯盏里点了两茎灯草,迟迟不肯断气。他的哥哥严致中是贡生,更是横行乡里的恶棍。他强圈了邻居王小二的猪,人家来讨,他竟行凶打断了王小二哥哥的腿。他四处讹诈,没有借给别人银子,却硬要人家偿付利息。他把云片糕说成是名贵药材,恐吓船家,赖掉了几文船钱。严监生死后,他以哥哥身份,逼着弟媳过继他的二儿子为儿子,谋夺兄弟家产,还声称这是“礼义名分,我们乡绅人家,这些大礼,却是差错不得的”。

科举制度造就了一批社会蛀虫,同时也毒害着整个社会。温州府的乐清县有一农家子弟叫匡超人,本是个朴实敦厚的人。为了赡养父母,他外出做小买卖,流落杭州,遇上了选印八股文的马二先生。马二先生赠给他十两银子,劝他读书上进。匡超人回家后,一面做小买卖,一面用功读书,因为匡超人事亲孝顺,而且勤学上进,被知县李本瑛发现,感其嘉行,提携他中了秀才。后来李知县被人诬告,因怕受到累及,匡超人来到杭州躲避。为追求更高的功名利禄,他更加刻苦学写八股文。后来,提拔他的李知县升为京官,匡超人也跟着去了京城,为了巴结权贵,他抛妻弃子,做了恩师的外甥女婿,他的妻子在贫困潦倒中死在家乡。帮助过他的潘三爷入了狱,匡超人怕影响自己的名声和前程,竟同他断绝了关系,甚至看也不肯去看一下。对曾经帮助过他的马二先生,他不仅不感恩图报,还妄加诽谤嘲笑,完全堕落成了出卖灵魂的衣冠禽兽。

《儒林外史》里的正面人物不多,王冕是最重要的一个,全书第一回的回目是"说楔子敷陈大义,借名流隐括全文"。为什么以王冕来"隐括全文"呢?因为王冕是一个"嵚(qīn)崎磊落"的人,一个"有意思"的人,是作者心中的理想人物,寄托着吴敬梓对人的评判标准。历史上,王冕确实有其人,他是元代诗人、文学家、书法家、画家。王冕,字元章,号煮石山农,浙江诸暨人。他出身农家,幼年丧父,在秦家放牛,每天利用放牛的时间画荷花,晚至寺院长明灯下读书,以至学识深邃,能诗善画。40 岁时,他在会稽九里山盖了三间草屋,栽了几千株梅花,过起了清贫的隐居生活,日常以卖画为生。元朝的礼部尚书泰不花很喜欢他的画，推荐他进翰林院，被王冕拒绝了。他的朋友想推荐他去做府吏，王冕说："我有田可耕，有书可读，岂肯送公文做人家的使唤？"王冕画的梅花孤傲倔强，尽显风骨，他在一幅墨梅上写道："凡桃俗李争芬芳，只有老梅心自常。"他喜欢作诗，《墨梅》诗是其中最著名的一篇。

书中的王冕是葆有童心的放牛娃，又是才华横溢的奇人。他画荷花，"那荷花精神、颜色无一不像"，因为他自己就是一朵出淤泥而不染的荷花。"遇着花明柳媚的时节，把一乘牛车载了母亲，他便戴了高帽，穿了阔衣，执着鞭子，口里唱着歌曲，在乡村镇上以及湖边到处玩耍，惹得乡下孩子们三五成群跟着他笑，他也不放在眼里。"这是何等任情恣意、天真自然！面对灭门知县威逼，王冕宁可风餐露宿逃亡在外，也不肯低头。小说开头出现王冕，中间出现风四老爹，结尾出现四大奇人，这是作者的精心安排。他们全是没有任何社会地位、游离于统治秩序之外的平头百姓。他们的冰清玉洁、古道热肠、淡泊明志，都与丑态百出的儒林和官场形成鲜明对照，吴敬梓怀着高尚的理想和道德情操塑造这些人物。

吴敬梓在探求理想的同时，对封建文化做了进一步的反思，其批判的锋芒指向封建礼教和社会习俗。作者既看到社会改造的理想难以实现，又不忍放弃对社会理想和完美人格的追求。他又把目光转向社会的底层，写出一群远离科举名利场，不受功名富贵污染的市井平民形象。作者在全书的开头写王冕,末尾写"四大奇人",体现了作者对完美人格的追求。四大奇人是知识分子高雅生活"琴棋书画"的化身,他们多才多艺,安贫乐道,高雅脱俗,过着"又不贪图人的富贵,又不伺候人的颜色,天不收,地不管"的自由自在日子。这是作者心造的幻影,是文人化的市井平民,是作者为新一代读书士子设计的人生道路。

《儒林外史》的最大艺术特点是讽刺,作者运用朴素、灵活、幽默的地方语言,描写了科举制度的腐朽黑暗,假名士的庸俗不堪,贪官污吏的卑鄙刻薄,对士林阶级进行了无情的鞭挞,含泪的批判。鲁迅先生说,作者"秉持公心,指摘时弊。机锋所向,尤在士林。其文戚而能谐,婉而多讽。"通过对种种不和谐、悖于人情、逆于常理的荒谬现象的揭露,写出人的自吹自擂、大言不惭、自作聪明、弄巧成拙、欺世盗名、自命清高、自相矛盾等等。当然,《儒林外史》的讽刺有鲜明的目的,那便是"作者之意为醒世计,非为骂世也"。作者虽然极尽讽刺之能事,却是以悲天悯人的手笔写八股制度下众多儒林人士的悲剧性命运,是要挽救被讽刺的这一群。

吴敬梓展开了一幅科举时代的社会风情画,有力地抨击了封建制度的腐朽和社会的黑暗,使《儒林外史》成为中国古典讽刺小说中的圣品。《儒林外史》历来被评价为古典现实主义巨著,是中国文学史上一部伟大的现实主义长篇讽刺小说。

吴敬梓(1701—1754),安徽全椒人,字敏轩,号粒民,晚年号文木老人。他22岁时,父亲去逝,家族内部因为财产和权力展开了激烈的争斗。经历这场变故,吴敬梓既无心做官,对虚伪的人际关系又深感厌恶,无意进取功名。安徽巡抚赵国麟推荐他应博学洪词考试,他竟装病不去。他不善持家,一直过着清贫的生活。晚年客居扬州,落拓纵酒,卒于客中。吴敬梓一生经历了清朝康熙、雍正、乾隆三代,看透了黑暗的政治和腐朽的社会风气,尤其痛感科举制危害最深,影响最广,使许多知识分子堕入追求利禄的欲海之中,成为愚昧无知、卑鄙无耻的市侩。所以他反对八股文,反对科举制,不愿参加博学宏词科的考试,并把憎恶士子们醉心制艺,热衷功名利禄习尚的观点写在他的《儒林外史》里。

在吴敬梓的家乡全椒县,人们在他的故居北极阁建有吴敬梓纪念馆。建筑仿明清风格,过厅正中矗立一尊巨型石碑。碑阳刻着鲁迅先生一段话:“迨吴敬梓《儒林外史》出,乃秉持公心,指擿时弊,机锋所向,尤在士林;其文又慼而能谐,婉而多讽,于是说部中乃始有足称讽刺之书”。碑阴刻着《吴敬梓》传。正厅过道一尊七米高的吴敬梓铜像,手握长卷,面视人生,似看尽苍海茫茫。由于后来吴敬梓自家乡移居江苏南京秦淮河畔,自称“秦淮寓客”,因此在南京秦淮河畔桃叶渡——吴敬梓故居也修葺一新,供游人参观。

到了晚清，由于资产阶级改良派和民主革命派的影响，小说创作有了新的发展，涌现出了一批有影响的小说，形成了晚清小说创作繁荣的局面。而被称作“晚清四大谴责小说”的出现，则是这一时期小说创作的重要标志。

《官场现形记》，晚清作家李伯元著，是我国第一部在报刊上连载、直面社会而取得轰动效应的长篇章回小说，也是谴责小说的代表作，首开近代小说批判社会现实的风气。全书共六十回，结构安排与《儒林外史》相仿，演述一人后即转入下一人，蝉联而下。作品以晚清官场为表现对象，集中描写封建社会崩溃时期旧官场的种种腐败、黑暗和丑恶的情形。这里既有军机大臣、总督巡抚、提督道台，也有知县典吏、管带佐杂，他们或龌龊卑鄙、或昏聩糊涂、或腐败堕落，构成一幅清末官僚的百丑图。由于《官场现形记》在晚清官场上风行，写的又多是实人实事，所以关于此书的种种消息，很快传到了慈禧太后的耳朵里，于是她“索阅是书，按名调查，官吏有因以获咎者”。看来慈禧太后读到此书后很是生气，并把清末政令倒行、法纪废弛的责任都归罪为官员们的腐败、胡来、不争气，她把《官场现形记》当成了惩办官员的黑名单，按图索骥，抓人办人。

官场腐败，自然道德沦丧。在上者只知珠玉妖姬，升官发财，所谓政绩，无非是祸国殃民。胡统领严州剿匪，纵兵屠洗村庄以冒功邀赏。在下者则巧于逢迎，吮痈舐痔，奴颜媚骨成为做官第一要诀。湍制台家蓄十美，属员过翘特地到江南买了两个绝色女子进献，凑成“十二金钗”。更为龌龊的是冒得官，为保官位，竟拿亲生女儿去报效上司。人心叵测，遍地陷阱。两个红州县周果甫、戴大理斗法，都是口蜜腹剑、笑里藏刀；时筱仁恩将仇报，对故主落井下石；刁迈彭卖友求荣，断送把兄。书中那一群胸无点墨的酒囊饭袋：刘大侉子、黄三溜子、田小辫子、唐二乱子等，更是晚清官场特产的一宗活宝，捐例大开的必然产物，官场的文化品位荡然无存了。综观全书，人性的堕落与异化到了怵目惊心的地步，难怪作家直斥当时为“畜生的世界”。

《二十年目睹之怪现状》，是作家吴趼(jiǎn)人带自传性质的作品。全书以主人公“九死一生”的经历为主线，从奔父丧开始，至其经商失败终止，通过这个人物二十年间的遭遇和见闻，广泛地揭露了从光绪十年(1884 年)中法战争前后至光绪三十一年(1905 年)的清末社会的黑暗现实，描述了日益殖民地化的中国封建社会的政治状况、道德面貌、社会风尚以及世态人情，揭露了晚清社会和封建制度行将灭亡、无可挽救的历史命运。作品写了二百来件“怪现状”，勾画出一个到处充斥着“蛇鼠”“豺虎”“魑魅”的鬼蜮世界。在清末小说中，它反映的生活面较广，除官场之外，还包括商场、洋场，兼及医卜星相、三教九流，揭露当时的政治状况、社会风尚、道德面貌和世态人情，所以发表时标为“社会小说”。

《老残游记》,清末中篇小说,是刘鹗的代表作,流传甚广,被翻译成多国文字,在国内外影响巨大,联合国教科文组织将其认定为世界文学名著。小说写一个被人称作老残的江湖医生铁英(号补残)在游历中的见闻和作为。老残是作品中体现作者思想的正面人物。他"摇个串铃"浪迹江湖,以行医糊口,自甘淡泊,不入宦途。但是他关心国家和民族的命运,同情人民群众所遭受的痛苦,是非分明,而且侠胆义肠,尽其所能,解救一些人民疾苦。随着老残的足迹所至,可以清晰地看到清末山东一带社会生活的面貌。小说的突出处是揭露了过去文学作品中很少揭露的"清官"暴政。作者说:"赃官可恨,人人知之。清官尤可恨,人多不知。盖赃官自知有病,不敢公然为非,清官则自以为不要钱,何所不可?刚愎自用,小则杀人,大则误国,吾人亲目所见,不知凡几矣。"有评论说:"历来小说皆揭赃官之恶,揭清官之恶者,自《老残游记》始。"刘鹗笔下的"清官",其实是一些急于要做大官而不惜杀民邀功,用人血染红顶子的刽子手。玉贤是以"才能功绩卓著"而补曹州知府,在不到一年的时间内,衙门前12个站笼便站死了2000多人,九分半是良民。玉贤的逻辑是:"这人无论冤枉不冤枉,若放下他,一定不能甘心,将来连我前程都保不住。俗语说的好,斩草要除根。"为了飞黄腾达,他至死都不肯放下手中的屠刀。刚弼是"清廉得格登登"的清官,他曾拒绝巨额贿赂,但却倚仗不要钱、不受贿,一味臆测断案,枉杀了很多好人。他审讯贾家十三条人命的巨案，主观臆断，定魏氏父女是凶手，严刑逼供，铸成骇人听闻的冤狱。

《孽海花》是一部既具有谴责小说、又具有历史小说，还具有政治小说特点的长篇小说。小说写金沟（字雯青）中状元后在苏州纳名妓傅彩云为妾，后奉命出使俄、德、奥、荷等国，带傅彩云同往。归国后，金雯青病死北京，傅彩云离开金家，赴上海重操旧业，改名曹梦兰。后又到天津为妓，称赛金花。小说以金雯青和傅彩云的故事为主线，生动地描写了从同治至光绪 30 多年间历史文化的推移和政治社会的变迁，暴露了统治者的腐朽没落，批判了封建科举制度，讽刺了那些达官名士，真实地反映了他们的精神生活和文化心态。同时也热情地歌颂了冯子材、刘永福等抗战英雄和孙中山等民主革命党人的革命活动，表达了作者反对封建专制，鼓吹民族民主革命爱国救亡的思想。小说中所写人物，无不有所影射。在具体写作中，作者采用块状小说结构与网状小说结构相结合的方式展开，情节波澜起伏，曲折感人，井然有序。作者工于细节描写，词采华美，鲁迅称赞它“结构工巧，文采斐然”。

附录 登黄山天下无山，观止矣

——读《徐霞客游记》 谈游记文学

一、简说游记

游记文学是描写旅行见闻之类的作品，内容包括山水、田园、边塞、怀古、咏史等，体裁包括诗、词、曲、联、歌和游记散文、小赋、书札、日记、序等。本讲的内容只涉及散文形式的游记。

古代游记是古代散文文体的一种，前人把它归入“杂记体”。这类文章摹山范水，以描绘山川自然、风景名胜为内容，写旅途的见闻和对大自然风光之美的感受。

中国古代游记产生于先秦时期，到秦汉时期有初步发展，魏晋南北朝时期有了显著发展，到唐宋元明清时期已蔚为大观。秦汉游记散文中的名篇有司马相如的《上林赋》、王粲的《登楼赋》等；魏晋南北朝游记散文中的名篇有陶渊明的《桃花源记》、孙绰的《游天台山赋》等；其后唐宋有王勃的《滕王阁序》、王安石《游褒禅山记》、苏轼的《赤壁赋》和《石钟山记》等；明清有宋濂的《游钟山记》、刘基的《松风阁记》、袁宏道的《虎丘(记)》等。中国古代最著名的两部游记是《大唐西域记》和《徐霞客游记》。《大唐西域记》，简称《西域记》，为唐代著名高僧玄奘口述，门人辩机奉唐太宗之敕令编集而成。《徐霞客游记》是明代徐弘祖的游记散文集。

中国古代文人大都喜欢游历名山大川，或写景，或咏物，或借景言事，或借景谈情，或寄情山水、感人生之飘零，或寻访遗迹、发思古之幽情，像李白、杜甫、苏东坡等人的足迹都遍布大江南北，于是就产生了许多游记，其中有不少精品力作，读起来使人赏心悦目。

我们先介绍一些游记名篇的精彩片段：

苏东坡《赤壁赋》　清风徐来，水波不兴。举酒属客，诵明月之诗，歌窈窕之章；月出于东山之上，徘徊于斗牛之间。白露横江，水光接天。纵一苇之所如，凌万顷之茫然；惟江上之清风，与山间之明月，耳得之而为声，目遇之而成色，取之无禁，用之不竭，是造物者之无尽藏也，而吾与子之所共适。

王安石《游褒禅山记》　于是余有叹焉。古人之观于天地、山川、草木、虫鱼、鸟兽，往往有得，以其求思之深而无不在也。夫夷以近，则游者众；险以远，则至者少。而世之奇伟、瑰怪，非常之观，常在于险远，而人之所罕至焉，故非有志者不能至也。有志矣，不随以止也，然力不足者，亦不能至也。有志与力，而又不随以怠，至于幽暗昏惑而无物以相之，亦不能至也。然力足以至焉，于人为可讥，而在己为有悔；尽吾志也而不能至者，可以无悔矣，其孰能讥之乎？此余之所得也！

袁宏道《初至西湖记》　山色如娥，花光如颊，温风如酒，波纹如绫；才一举头，已不觉目酣神醉，此时欲下一语描写不得，大约如东阿王梦中初遇洛神时也。

下面再介绍袁宏道的《西湖游记》一则。这是他的山水小品，文章采用抒情的方式，着力渲染西湖"物人艳冶"的特点，抒发作者热爱大自然的思想感情以及高雅志趣。

晚游六桥待月记

西湖最盛，为春为月。一日之盛，为朝烟，为夕岚。今岁春雪甚盛，梅花为寒所勒，与杏桃相次开发，尤为奇观。石篑数为余言：傅金吾园中梅，张功甫玉照堂故物也，急往观之。余时为桃花所恋，竟不忍去。湖上由断桥至苏堤一带，绿烟红雾，弥漫二十余里。歌吹为风，粉汗为雨，罗纨之盛，多于堤畔之草，艳冶极矣。然杭人游湖，止午未申三时；其实湖光染翠之工，山岚设色之妙，皆在朝日始出，夕舂未下，始极其浓媚。月景尤不可言，花态柳情，山容水意，别是一种趣味。此乐留与山僧游客受用，安可为俗士道哉！

二、徐霞客和他的《徐霞客游记》

现在我们着重介绍中国古代著名的游记作家徐霞客和他的《徐霞客游记》，及柳宗元和他的《永州八记》。

《徐霞客游记》是以日记体为主的中国游记名著。是徐霞客经34年旅行，写有天台山、雁荡山、黄山、庐山等名山游记17篇和《浙游日记》《江右游日记》《楚游日记》《粤西游日记》《黔游日记》《滇游日记》等著作，除佚散者外，遗有60余万字游记资料，死后由他人整理成《徐霞客游记》。此游记在地理学和文学上卓有成就。徐霞客是中国历史上伟大的地理学家之一，也是有名的旅行家和文学家。

徐霞客（1587—1641），名弘祖（也作宏祖），字振之，别号霞客，江苏江阴人。幼年时期的徐霞客，天资聪颖，博闻强记，特别喜欢历史、地理和大自然等方面的书籍。他的族兄徐仲昭曾说他"性酷好奇书，客中未见书，即囊无遗钱，亦解衣市之，自背负而归。今充栋盈箱，几比四库"。徐霞客出身仕宦世家、书香门第，但他的父亲徐有勉是个淡泊名利的人，不喜欢和官场中的人结交，宁愿过平静悠闲的乡间生活，这也在一定程度上对年幼的徐霞客有所影响。徐霞客 19 岁时，父亲病故。三年服孝期满后，他决定外出游历，贤德的母亲给予了他极大的支持和鼓励。从此以后，一生除了家中发生重大事件外，他几乎没有停止过旅游。关于徐霞客名字的来历，有这么一种说法：徐霞客在三十多年的游历探险中，登危岩、攀绝壁、涉洪流、探深穴，冒狂风暴雨、穿丛林险径，历尽艰难险阻。他两次遇盗，三次绝粮，多次落水，和他一起出游的静闻和尚劳累而死，随他出游的仆人畏难逃走。他的朋友说他："像你这样日出前披霞进山，日落后带霞归来，从游者哪有不累死吓跑的。"他听了之后，索性将霞客作了自己的名号，以示不畏艰险的决心。

徐霞客从 22 岁开始外出游历探险，直到生命结束为止。他先后游历了大半个中国，足迹遍于华东、华北、中南、西南，包括江苏、浙江、安徽、福建、山东、河北、山西、陕西、河南、江西、广东、广西、湖南、湖北、贵州、云南及北京、天津、上海等地；足迹踏遍泰山、普陀山、天台、雁荡山、九华山、黄山、武夷山、庐山、华山、武当山、罗浮山、盘山、五台山、阻山、衡山、九嶷山等名山；游尽了太湖、岷江、黄河、富春、闽江、钱塘江、潇水、湘水、郁江、黔江、盘江、黄果树瀑布、九鲤湖、滇池、洱海等胜水。徐霞客是在完全没有政府资助的情况下，走过了三十多年漫长的旅途。他一生的大部分时间是在外行走,风餐露宿。他寻访的地方,多是人迹罕至的荒凉之地,甚至是穷乡僻壤的边疆地区。无论条件多么恶劣,旅途多么艰险,他都不避风雨,不怕虎狼。他与长风为伍,与云雾为伴,以野果充饥,以清泉解渴。他几次遇到生命危险,出生入死,尝尽了旅途的艰辛。为了考察得准确、细致,他主要是靠徒步跋涉,连骑马乘船都很少,还经常自己背着行李赶路。他经受的磨难,是常人难以想象的。

可贵的是,在游历中,徐霞客无论身体多么疲惫,都每天坚持写日记,记录他的旅途经历、考察情况以及心得体会,给后人留下了宝贵的地理材料。他喜欢猎奇,可以说是"闻奇必探,见险必截"。每每遇到古洞、名刹、温泉、飞瀑、奇峰、深林、幽皇等奇异景观,他都要一探究竟。他说:"亘古人迹未到之处,不惜捐躯命,多方竭虑以赴之,期于必造其域,必穷其奥而后止。"他写下的游记有240多万字,可惜大多失散了,只留下60多万字,经后人整理成书,就是著名的《徐霞客游记》。这部书40多万字,是把科学和文学融合在一起的一大"奇书"。《徐霞客游记》开辟了地理学上系统观察自然、描述自然的新方向,既是系统考察我国地貌地质的地理名著,又是描绘华夏风景资源的旅游巨篇,还是文字优美的文学佳作,在国内外具有深远的影响。后世人尊称徐霞客为"游圣"。

徐霞客的旅游生涯,大致可分为三个阶段:第一阶段为28

岁以前的纪游准备阶段。他的重点放在研读祖国的地理文化遗产，并凭兴趣游览太湖、泰山等地。第二阶段为28岁至48岁的纪游前段，历时20年，徐霞客游览了江南的浙、闽、黄山和北方的嵩山、五台山、华山、恒山等名山。游记写了一卷，约占全书的十分之一。第三阶段为51岁至54岁，为纪游后段，历时4年，游览了浙江、江苏、湖广、云贵等南方大山巨川，一直到达中缅交界的腾越（今云南腾冲），写下了9卷游记。这是徐霞客最后一次出游。55岁时，云南地方官用车船送他回家乡江阴。回乡不久他就病倒了，第二年正月病逝于家中，享年56岁。临死前，他手里还握着考察中带回的两块石头。

徐霞客是世界上对石灰岩地貌进行科学考察的先驱。我国西南地区石灰岩分布很广泛。徐霞客在湖南、广西、贵州和云南做了详细的考察，对各地不同的石灰岩地貌做了详细的描述、记载和研究。他还考察了一百多个石灰岩洞。他对桂林七星岩十五个洞口的记载，同今天我们的地理研究人员的实地勘测，结果大体相符。他对火山、温泉等地热现象也都有考察研究，对气候变化，对植物因地势高度不同而变化等自然现象，都做了认真的描述和考察。此外，他对农业、手工业、交通的状况，对各地的名胜古迹演变和少数民族的风土人情，也都有生动的描述和记载。

徐霞客为我们留下的被称为奇书的《徐霞客游记》，不仅仅是一部地理学著作，还有着很高的学术价值，它在文学上的价值也很高，篇篇都可以说是优美的散文。

《徐霞客游记》在文学上的主要特点是：写景记事，悉从真实中来，具有浓厚的生活实感；写景状物，力求精细，常运用动态描写或拟人手法，远较前人游记细致入微；词汇丰富，敏于创制；绝不因袭套语，落入窠臼；写景时注重抒情，寓情于景，情景交融，同时注意表现人的主观感觉。这本书使游记表现出很高的艺术性，具有恒久的审美价值。此外，在记游的同时，徐霞客还常常兼及当时各地的居民生活、风俗人情、少数民族的聚落分布、土司之间的战争兼并等等事情，多为正史稗官所不载，具有一定历史学、民族学价值。《徐霞客游记》被后人誉为“世间真文字、大文字、奇文字”。

徐霞客出生于江阴马镇南阳歧村。2003 年马镇、璜塘、峭岐合并为霞客镇，2007 年霞客镇更名为徐霞客镇。为了纪念徐霞客，他的故居已被修葺一新，由故居、胜水桥、晴山堂石刻、徐霞客墓和仰圣园等组成。故居为明式建筑，第一进两侧厢房和大厅为展览室，陈列徐霞客生平事迹及溶岩标本。第二进大厅为“崇礼堂”，正中悬徐霞客画像，陈列纪念徐霞客的书画作品，以及近年拍摄的徐霞客游历过各地的风光照片。徐霞客故居现为全国重点文物保护单位，并被列为江苏省爱国主义教育基地、江苏省德育教育基地。

三、徐霞客与黄山

徐霞客对安徽的黄山情有独钟，分别于明万历年间的1616年2月与1618年9月先后两次登上黄山，并写下了《游黄山日记》和《游黄山日记后》两篇游记。徐霞客对黄山极为赞赏，说“薄海内外，无如徽之黄山。登黄山，天下无山，观止矣！”后来人们将这句话演绎成“五岳归来不看山，黄山归来不看岳”，成为数百年来赞美黄山的名句。

徐霞客在两篇游黄山的游记中写了很多赞美黄山的优美文字，表达了对黄山无比的钟爱之情，如他写黄山的松树：“绝巘危崖，尽皆怪松悬结。高者不盈丈，低仅数寸，平顶短鬣（bì），盘根虬干，愈短愈老，愈小愈奇，不意奇山中又有此奇品也”“破石而出，盘结于危岩峭壁之上，挺立于风牙决罅之中，或雄壮挺拔，或婀娜多姿，浩瀚无际，与朝霞落日相映，色彩斑斓，壮观瑰丽”；又如他写登天都峰：“惟一石顶壁起犹数十丈，澄源寻视其侧，得级，挟予以登。万峰无不下伏，独莲花与抗耳。时浓雾半作半止，第一阵至，则对面不见。眺莲花诸峰，多在雾中。独上天都，予至其前，则雾徙于后；予越其右，则雾出于左。其松犹有曲挺纵横者；柏虽大于如臂，无不平贴石上、如苔藓然。山高风巨，雾气去来无定。下盼诸峰，时出为碧峤（jiào）尖而高的山，时没为银海。再眺山下，则日光晶晶，别一区宇也”；又如他写登莲花峰：“左天都，右莲花，背倚玉屏峰，两峰秀色，俱可手擥(lǎn，同揽)。四顾奇峰错列，众壑纵横，直黄山绝胜处！其巅廓然开阔舒朗，四望空碧，即天都亦俯首矣。盖是峰居黄山之中，独出诸峰上，四面岩壁环耸，遇朝阳霁色，鲜映层发，令人狂叫欲舞”；再如他赞美黄山的景色是“枫林相间，五色纷披，灿若图绣”；他认为玉屏楼是黄山观松最妙处，可以看到黄山的三大名松，即迎客松、送客松和陪客松。

徐霞客登黄山时十分艰苦，因为那时黄山还没有开发，上莲花峰还没路，更没有石蹬和铁索。有人劝他不要上，他却坚持登上了黄山最高峰。他在登黄山的诗中写道：“海到尽头天是岸，山登绝顶人为峰”。第一次去黄山考察，途中遇到大雪。当地人告诉他有些地方积雪齐腰深，看不到登山的路，无法上去。徐霞客没有被吓住，他拄了一根铁杖探路，上到半山腰，山势越来越陡。山坡背阴的地方最难攀登，路上结成坚冰，又陡又滑，脚踩上去，徐霞客就用铁杖在冰上凿坑，一步一步地缓慢攀登，终于爬了上去。山上的僧人看到他都十分惊奇，因为他们被大雪困在山上已经好几个月了。

补白　黄山一二三

黄山位于安徽省黄山市，地处歙县、黟县和休宁县的边境，面积约1200平方公里，其中精粹风景区约154平方公里。黄山是中国最著名的山岳风景区之一，被世人称为“天下第一奇山”“人间仙境”，以独特的峰林地貌构成奇、伟、险、幻的奇观，尤以怪石、奇松、温泉、云海“四绝”著称于世。黄山集泰岱之雄伟、华山之险峻、衡岳之烟云、匡庐之飞瀑、雁荡之巧石、峨嵋之清秀于一身，加之又有四绝，因而名冠天下。1990年12月黄山风景名胜区作为文化与自然双重遗产被联合国教科文组织列入世界遗产名录。2004年2月入选世界地质公园。

黄山古称黟山，唐天宝六载(747年)六月十六日唐明皇下诏改称现名，这一天还被唐玄宗钦定为黄山的生日。黄山在秦代以前又被称为“三天子都”，因为有天都峰、莲花峰、光明顶三大主峰，是天帝居住的天都。还有一说，天都峰是三天子都，它东西南北四面皆有障。另有传说，轩辕黄帝带术士容成子和仙人浮丘公来此炼丹，因此黄山现有轩辕峰、炼丹峰、容成峰、浮丘峰。

黄山因云海的美艳绝伦，又被称为黄海，康熙帝曾题额“黄海仙都”。因此黄山地域又被分为前海、后海、天海、东海、西海，观云的最佳位置是：玉屏楼看前海、光明顶看天海、白鹅岭看东海、清凉台看后海、排云亭看西海。

黄山群峰林立，著名山峰有七十二座，分三十六大峰，三十六小峰，主峰莲花峰海拔高达1864.8米，与平旷的光明顶、险峻的天都峰并称三大黄山主峰。

四、柳宗元和他的《永州八记》

柳宗元是写游记的又一个大家。柳宗元(773—819),字子厚,唐代河东郡(今山西永济县)人,著名杰出诗人、哲学家、儒学家乃至成就卓著的政治家,唐宋八大家之一。因为他是河东人,人称柳河东,又因终于柳州刺史任上,又称柳柳州。著名作品有《永州八记》等六百多篇文章。

《永州八记》是柳宗元被贬为永州司马时,借写山水游记书写胸中愤郁的散文。由于所写的地点在永州(今湖南永州市零陵区)城郊,故称《永州八记》。永州在唐时还是一个未经多少开发的地区,僻远荒凉。柳宗元作为一个有远大政治抱负的革新家,在这样的处境里,其心情之抑郁苦闷可以想见。在永州十年,是柳宗元生平最为困厄,最为艰难,心情也最为孤寂郁愤的十年。但这里居然造就了一个古文大家的绝世风范,就在这种环境和心情下,柳宗元的郁郁才思得到了强烈的激发,发言为文,莫不悲恻动人,寓言、山水游记以及记叙文都取得了整个一生中最光辉最杰出的成就。《永州八记》及《捕蛇者说》,《三戒》(《临江之麋》《黔之驴》《永某氏之鼠》),《段太尉逸事状》等散文史上赫赫有名的篇章都作于这僻远凄幽的永州。

柳宗元青年时代就立下雄心壮志，仰慕“古之夫大有为者”，向往于“励材能，兴功力，致大康于民，垂不灭之声”，25岁时已是政坛新锐。在其后几年，柳宗元又成为王叔文革新派的中坚分子，以热情昂扬、凌厉风发的气概，准备施展“辅时及物”“利安开元”的抱负。然而，革新只实行了几个月，就以失败而告终。柳宗元被贬邵州刺史，行未半路，朝议认为处之太轻，又改贬永州司马。当时，同时被贬的包括刘禹锡等人共有八位，史称“八司马事件”。所谓的司马其实只是个编制外的闲职，没有官舍也没有具体的职务。柳宗元一家人寄居在冷清的小寺庙里，未及半载，母亲逝世。除了精神上抑郁悲愤外，柳宗元身体也越来越差，诸病缠身，虚弱到了“行则膝颤，坐则髀（bì，大腿）痹”的程度。但永州清新的山水给了柳宗元很大的慰藉和寄托，他很快从悲观与失意中振作起来，踏遍了永州的山山水水，并和田翁农夫相交，远离了政坛上的明争暗斗，回归到田园诗意般的生活，他认为永州的山水和自己一样为世人所遗弃和漠视，于是写出了许多千古传诵推崇永州山水的散文。其中最著名的就是《永州八记》。《永州八记》包括《始得西山宴游记》《钴鉧潭记》《钴鉧潭西小丘记》《至小丘西小石潭记》《袁家渴记》《石渠记》《石涧记》《小石城山记》等八篇。

柳宗元的文章多抒写抑郁悲愤、思乡怀友之情，幽峭峻郁，自成一路。最为世人所称道的，是那些清深意远、疏淡峻洁的山水闲适之作。《永州八记》是柳宗元山水游记的代表作，也是我国游记散文中的一朵奇葩，其艺术魅力历久弥新。《永州八记》对自然的描绘，贵在精雕细刻出一种幽深之美。八记描写的都是眼前小景，如小丘、小石潭、小石涧、小石城山等，柳宗元以小见大，犹如沙里淘金，提炼出一副副价值连城的艺术精品。如《至小丘西小石潭记》对小石潭周围的描写："四面竹树环合，寂寥无人，凄神寒骨，悄怆幽邃"，创造出一种空无人迹的山野清幽之美。又如《石渠记》对小石渠之水流经之处细腻的刻画，在长不过十许步的小水渠上，一处处幽丽的小景美不胜收。逾石而往是昌蒲掩映、鲜苔环周的石泓，又折而西行，旁陷岩石之下是幅员不足百尺、鱼儿穿梭的清深的小水潭，又北曲行，皆诡石、怪木、奇卉、美竹。眼前小景，幽深宜人，展示出永州山水的特有风姿。

作者虽因革新遭挫被贬，但未改本色，于是借山水之题，发胸中之气，洗涤天地间万物，囊括自然百态，在赞赏山水美的同时，把自己和山水融化在一起，借以寻求人生真谛，聊以自慰。因而，柳宗元刻画永州山水的形象美、色彩美和动态美，是以山水自喻，赋予永州山水以血肉灵魂，把永州山水人格化了。可以说，永州山水之美就是柳公人格美的艺术写照，物我和谐，谱成一曲动人心弦的人与自然的交响华章。史书说柳宗元"精裁密致，璨若珠贝"，概括了《永州八记》结构之美。八篇游记，整体构思，一气贯通，一气呵成，巧妙组合，毫无间隔之弊。下面我们选摘其中的一篇。

小石城山记

自西山道口径北，逾黄茅岭而下，有二道：其一西出，寻之无所得；其一少北而东，不过四十丈，土断而川分，有积石横当其垠。其上为睥睨，梁欐（lì，一意正梁，一意小船）之形；其旁出堡坞，有若门焉，窥之正黑，投以小石，洞然有水声，其响之激越，良久乃已，环之可上，望甚远。无封土壤而生嘉树美箭，益奇而坚。其疏数偃仰，类智者所施设也。

噫！吾疑造物者之有无久矣，及是，愈以为诚有。又怪其不为之中州，而列是夷狄，更千百年不得一售其伎，是固劳而无用，神者倘不宜如是，则其果无乎？或曰："以慰夫贤而辱于此者。"或曰："其气之灵，不为伟人，而独为是物，故楚之南少人而多石。"是二者，余未信之。

译文：从西山路口一直向北，越过黄茅岭往下，有两条路：一条向西走，走过去寻找风景却无所得；另一条稍为偏北又折向东，只走了四十丈，路就被一条河流截断了，有一座石山横挡在这条路的尽头。石山顶部天然生成女墙和栋梁的形状，旁边又凸出一块好像是堡垒，有一个洞像门。从洞往里探望一片漆黑，丢一块小石子进去，咚地有水响声，声音很洪亮，好久才消失。石山可以绕着登到山顶，站在上面望得很远。山上没有泥土，却长着很好的树木和竹子，而且更显得形状奇特质地坚硬，竹木分布疏密有致、高低参差，好像是人工特意布置的。

唉！我怀疑老天爷有无已很久了，到了这儿，认为老天爷确实是有的。但又奇怪他不把它安放到中原地区，却摆在蛮夷之地，即使经过千百年也没有一次显示自己奇异景色的机会，这简直是白耗力气而毫无用吗？有人说“老天爷是用这佳胜景色来安慰那些被贬逐在此地的贤人的。”也有人说“这地方山川钟灵之气不孕育伟人，而唯独凝聚成这奇山胜景，所以楚地的南部少出人材而多产奇峰怪石。”这两种说法，我都不信。

编　后　记

举办古典文学讲座，对我来说是赏心乐事，虽然很累，但累并快乐着，不说奢言教授了他人，起码让我又重新拿起了书本，而看书本身就是一件美事。编写教材更累，但感觉更美，所以我克服了很大困难把它编了出来。

教材编完后，我十分高兴，因而赋诗一首以庆吾志：

老夫聊发少年狂，敢登杏坛说文章。
为爱辞赋诵楚汉，因恋诗词吟宋唐。
身虽龙钟齿犹健，音却铿锵鬓已霜。
重抖精神钻故纸，乐同翁妪赏夕阳。